Le cœur du problème

Du même auteur

Aux éditions de Minuit

Volley-ball, 1989
L'Aventure, 1993
Le Pont d'Arcueil, 1994
Paul au téléphone, 1996
Le Pique-nique, 1997
Loin d'Odile, 1998
Mon grand appartement, 1999, prix Médicis
Une femme de ménage, 2001
Dans le train, 2002
Les Rendez-vous, 2003
L'Imprévu, 2005
Sur la dune, 2007
Trois hommes seuls, 2008
Dans la cathédrale, 2010

Aux éditions de l'Olivier

Rouler, 2011
En ville, 2013

CHRISTIAN OSTER

Le cœur du problème

ÉDITIONS DE L'OLIVIER

L’auteur tient à remercier le Centre national du livre
de son précieux concours.

ISBN 978.2.87929.779.8

à Véronique B.

Pour dire les choses vite, quand je suis rentré chez moi ce soir de juillet, il y avait un homme mort dans le salon. Pour les dire plus précisément, l'homme était allongé sur le ventre, à l'aplomb de la mezzanine où nous avions notre chambre, Diane et moi, et dont j'ai vu que la balustrade avait cédé. Nous devions depuis longtemps renforcer cette balustrade, qui commençait à présenter du jeu. Je sortais d'un rendez-vous de travail particulièrement improductif et j'étais plutôt de mauvaise humeur, si bien que ma première réaction a été une forme d'agacement, un peu comme si je venais de trouver le salon en désordre ou, pour être plus juste, comme si ce qui ressortait de ce que j'avais découvert avait prioritairement à voir avec le désagrément. J'ai rapidement pris conscience que l'homme était mort, du moins après l'avoir vérifié comme j'ai pu, palpation du pouls, test du miroir, constat d'un début de rigidité, mais l'agacement a persisté alors même que je me rendais compte de la gravité de la situation. Je tentais de me représenter, au-delà de cet écueil psychologique, les faits avec la plus grande objectivité, et je me suis mis en devoir, alors que je n'y parvenais pas encore, de les aborder de manière efficiente. Bien que je n'eusse pas vu sa voiture garée devant chez nous (ce qui était d'ailleurs normal à cette heure, dix-neuf heures, puisqu'en principe elle rentrait vers vingt heures de ses consultations à l'hôpital), j'ai pensé que Diane était peut-être là (avec ce corps au milieu du salon, tout devenait possible) et j'ai commencé par la chercher dans la maison, en évitant de crier son nom à cause du mort, par une sorte de pudeur qui interférait avec ma sidération, puis des voisins. Nous avions hérité avec la propriété, Diane et moi, d'une double mitoyenneté, et, en dépit de la distance de quelque cinquante mètres à laquelle s'érigeaient nos murs d'enceinte, les sons portaient. Si j'ai pensé que Diane pouvait être là, c'est aussi, évidemment, parce que l'homme n'ayant guère pu entrer chez nous par ses propres moyens – la serrure n'avait pas été forcée –, il n'y avait qu'elle pour avoir pu l'y introduire.

Diane n'étant dans aucune des pièces du rez-de-chaussée, je suis monté à l'étage. Il y avait là notre chambre, dans laquelle je suis entré. Diane ne s'y trouvait pas, mais nous avions également une salle de bains contiguë à la chambre, et dont la porte était fermée. J'ai poussé la porte, qui n'était pas verrouillée. Diane était là, les yeux fermés, plongée dans un bain d'où s'échappait encore de la vapeur. Elle n'a pas sursauté ni ouvert les yeux quand je lui ai demandé ce qui se passait. Elle n'a d'abord rien répondu. Puis, toujours sans ouvrir les yeux, elle a déclaré d'une voix sans timbre (ce qui ne modifiait nullement l'accent anglais dont elle ne s'était jamais départie, mais qui, en quelque sorte, l'éloignait) qu'elle ne voulait parler de rien, pas maintenant, que je ne commence pas à poser de questions. J'ai marqué un temps. J'ai pris également celui de constater que, comme à l'accoutumée, elle était très belle dans son bain. Dire que j'en ai tiré un quelconque bénéfice serait très exagéré, mais enfin j'ai enregistré ça, comme une sorte de *reste*. J'avais tout de même conscience que, dans ces instants, ma vie basculait. Je me suis encore tenu face à elle un moment sans rien dire, debout dans la salle de bains à la regarder qui continuait à fermer les yeux, la bouche serrée comme si elle craignait qu'à force, sous la pression des événements – je ne parle même pas de celle que j'exerçais sur elle –, elle ne finisse par s'ouvrir, et j'ai fini moi par dire écoute, d'accord, j'imagine qu'on a deux minutes, ça fait longtemps que tu es dans ce bain ? Je comptais un peu sur cette question inessentielle pour qu'elle me réponde mais ça n'a pas marché, elle n'a rien répondu. Je crois bien qu'en plus d'être en proie à l'inquiétude la plus vive j'éprouvais une sorte d'humiliation, et à ça Diane ne m'avait pas habitué, mais elle ne m'avait habitué à rien de ce que je découvrais ce soir-là. Évidemment je connaissais ses silences, et ses silences me concernaient, avant, or ce soir, non. De toute façon je n'étais pas préparé à ce qui advenait maintenant, elle, les lèvres serrées, et l'autre, en bas, définitivement étendu avec sa carcasse en train de se raidir, sa décomposition à envisager. Je rêve, me suis-je dit avant de prendre de nouveau la parole, je n'imaginais pas quoi faire d'autre dans l'immédiat. Je n'ai pas vu ta voiture, ai-je dit. Cette fois, ça a marché, Diane a dit je l'ai rangée dans la dépendance, de la même voix que je ne lui connaissais pas, et j'ai pensé qu'elle allait se débloquer, mais non, là non plus, elle n'a rien ajouté et j'ai dit comment ça, dans la dépendance ? parce que Diane ne rangeait jamais sa voiture dans la dépendance, pas plus que moi, nous étions contre, elle et moi, ranger nos voitures dans la dépendance, et j'ai pensé *préméditation,* je veux dire que dans ma tête j'ai enchaîné sur ça, *préméditation,* sans faire de lien absolument clair entre la voiture dans la dépendance et le type étendu au rez-de-chaussée. Comme ça, a finalement répondu Diane, en ouvrant les yeux un quart de seconde, et j'ai compris qu'elle n'en dirait pas plus. Pas plus sur rien. À ce stade, j'ai abandonné le thème de la voiture, je me suis concentré sur le bain qu'elle prenait en me demandant quand elle allait en sortir, et si elle comptait en sortir à un moment quelconque, parce que aucun signe ne se dessinait dans ce sens. Et j'avais bien conscience que je perdais du temps à m'interroger sur cette histoire de bain, maintenant, et elle à le prendre, que nous perdions du temps, tous les deux, et en fin de compte c'est ce que j'ai dit. J'ai dit exactement tu pourrais quand même sortir de ce bain, ma chérie. Dans cette apposition, ce que je comptais glisser, ce n'était pas tant ma tendresse pour elle en dépit de tout, encore qu'elle demeurât réelle, non pas tant l'aveu de cette tendresse, donc, que l'assurance de cette tendresse, afin que Diane ne me considérât pas comme un ennemi et en vînt, effectivement, à sortir de ce bain de sorte que nous ayons un échange digne de ce nom et que nous prenions la situation en main. Comme elle ne réagissait toujours pas, j'ai imaginé la gifler mais j'ai préféré attraper une serviette et la lui tendre. Elle n'a pas remarqué la serviette qui, de tendue, s'est retrouvée pendue au bout de mon bras. J'ai regardé alors autour de moi, en pure perte, puisqu'il n'y avait rien autour de moi qui ressemblât à une idée. Et, quand j'ai eu balayé du regard les murs de la salle de bains et que je suis revenu vers Diane, j'ai vu qu'elle s'était laissée glisser dans la baignoire et qu'elle avait la tête sous l'eau, qu'elle la gardait sous l'eau, en fait, et, si je lui connaissais ce comportement par le passé, le passé en somme n'avait plus cours, il n'y avait plus qu'un présent épais, lourd, accablant, et Diane qui gardait donc anormalement la tête sous l'eau, que je lui ai sortie en la saisissant sous la nuque. Ça va, ça va, a-t-elle dit. Elle s'est dégagée de mes mains, s'est levée, s'est saisie de la serviette et a commencé à s'essuyer debout dans la baignoire. Regarde-moi, ai-je dit. Il existe une façon de regarder sans voir, et c'est ce dont elle s'est contentée. Il n'y avait rien dans le fond de ses yeux, qu'elle fixait sur moi, et, puisqu'on en était là, dans une situation désespérément bloquée, je lui ai demandé qui était ce type étendu en contrebas. J'avais l'intention d'en venir à cette question mais pas forcément tout de suite, disons que je n'avais pas réfléchi à une chronologie. Plus personne maintenant, a-t-elle dit. J'ai noté qu'elle n'en paraissait pas autrement affectée, j'ai noté aussi que j'en éprouvais une sorte de soulagement mais également d'inquiétude, inquiétude distincte de mon inquiétude quant à notre situation (le cadavre dans le salon), et qui avait trait à sa santé mentale. Je me suis dit toutefois que, quoi qu'il se fût passé, elle était choquée et qu'il lui fallait du temps. J'en revenais par conséquent à cette histoire de temps, laquelle se conjuguait mal avec ce que j'éprouvais, qui était d'abord de l'ordre de l'urgence. Sauf que moi aussi j'étais choqué, et notamment de voir Diane devant moi, pratiquement mutique et nue, peut-être plus choqué encore que par ce que j'avais découvert en arrivant. Le problème, c'est qu'il y avait un lien à faire entre Diane nue devant moi et l'homme étendu dans le salon, et que je ne le faisais pas. Ou plutôt que je le faisais mal. J'ai demandé à Diane si elle ne boirait pas quelque chose, quand elle serait habillée. Elle s'habillait. Non, a-t-elle dit d'une voix redevenue normale, ou presque – elle s'exprimait un ton au-dessus, me semblait-il –, je vais conduire, je préférerais ne pas boire. Tu vas conduire, ai-je dit. Elle était tout à fait habillée maintenant, avec l'air de quelqu'un qui part. Je n'ai aucune idée aujourd'hui de ce qu'elle avait sur elle, Diane c'était un visage, un corps, des gestes, j'ai seulement retenu un T-shirt à motif d'oiseau. Je vais m'en aller, a repris Diane. Est-ce que tu penses que tu pourras te débrouiller de tout ça ? a-t-elle poursuivi en me regardant cette fois comme je ne l'avais jamais vue me regarder, avec une expression où se mêlaient trop de choses, parmi quoi il m'a semblé repérer une sorte de prière, ou de honte, et dans quoi j'ai renoncé à chercher de la raison. J'y ai cependant perçu une note de puérilité, ou d'animalité, et, au terme de cette synthèse maladroite, je me suis demandé si j'étais anéanti ou ému. J'étais en tout cas moins anéanti par l'émotion qu'ému par la sensation que j'éprouvais de m'effondrer sur moi-même, et de me défaire dans l'apitoiement. Sa honte, si honte il y avait, était la mienne, sa peur aussi. Quant à l'amour, je ne sais pas, je n'aurais su dire où nous en étions, j'avais en tête le proche repère du passé et quelque chose encore chez elle dans le regard qui faisait bloc avec ça et qui me retenait, mais quelque chose aussi comme une charge qui soit l'alourdissait, soit la quittait, en l'enlaidissant légèrement, du reste (notamment elle se mordait les lèvres). Quant à elle, ce qu'elle trouvait en moi en ces instants, ou ce qu'elle y cherchait, à part de l'aide, je ne voyais pas. Quel genre d'aide, d'ailleurs ? Qu'est-ce que tu entends par me débrouiller de ça ? ai-je dit. Et tu veux partir où ? Qu'est-ce qui s'est passé, bon Dieu ? (Maintenant, je ne réfléchissais plus, je la sollicitais dans le désordre.) Puisque tu as pris un bain, tu peux aussi prendre le temps de t'asseoir, ai-je poursuivi, non ? De nouveau, elle ne me regardait plus. Il faut que tu fasses les choses à ma place, Simon, a-t-elle dit en passant dans la chambre, où je l'ai suivie. Un sac était posé sur le sol, où elle s'est mise à jeter des culottes et des chemisiers. Je ne peux pas rester, a-t-elle dit, et l'idée m'a traversé que c'était moi, mon arrivée qui la faisait fuir, en tout cas c'est ce que j'ai passagèrement ressenti. Il faut que je parte, a-t-elle repris, j'ai besoin de savoir si tu peux rester, toi, faire comme si je n'avais pas été là, et qu'il n'y ait jamais eu que ce, a-t-elle hésité, ce corps en bas, a-t-elle dit, et alors tu préviens qui tu veux ou non, tu fais ce que tu veux dans la direction que tu veux, mais pas moi. Moi, a-t-elle encore dit, je ne peux pas, et de nouveau elle m'a regardé, et dans son regard j'ai cru voir paradoxalement une sorte de courage. Je ne vais évidemment pas partir, ai-je dit. Je voudrais seulement savoir où tu vas. Ça n'a pas tellement d'importance, a dit Diane. Ça m'aiderait, ai-je dit. Et de savoir aussi ce qui s'est passé. Il s'est montré violent, a dit Diane, et il est tombé. Voilà. Maintenant, je t'en prie, ne me demande plus rien, a-t-elle enchaîné, et elle a pris le sac. Dis-moi toi quelque chose, a-t-elle ajouté. J'ai hésité, pas très longtemps, pour autant que je m'en souvienne. Reste joignable, ai-je finalement dit.

J'ai descendu l'escalier avec elle et on est passés devant le mort, on n'avait pas d'autre solution. Elle ne l'a pas regardé, moi non plus. C'est seulement dehors, quand elle s'est mise au volant de sa voiture, que je lui ai demandé, par la vitre ouverte, depuis combien de temps ça durait. Quelques jours, a-t-elle dit, et ça n'a plus d'importance. Elle ne me regardait pas, de nouveau, et j'ai failli l'empêcher de partir, la faire descendre de voiture, parce qu'elle mentait, j'ai pensé que je méritais mieux que ça. J'ai seulement dit tu n'es pas obligée de me mentir, ça non plus ça n'a plus d'importance. Je ne mens pas, a-t-elle encore dit, et je n'ai rien répondu cette fois, je suis allé ouvrir le portail. Elle a démarré, a passé le portail, a manœuvré pour se mettre dans l'axe de la rue et, à l'arrêt, s'est tournée vers moi sans rien dire. J'ai essayé de lire dans son regard, mais je n'y arrivais plus, je n'y suis pas arrivé. Fais attention à toi, ai-je dit, et je l'ai laissée s'en aller.

Ce que je pourrais dire à partir de maintenant, c'est que je suis resté seul avec lui. J'ai pensé fugitivement à ces soirées où, après vous avoir présenté quelqu'un dont on ne vous a livré que le nom, on vous laisse en sa présence avec dans le meilleur des cas un verre de champagne à la main et dans la tête un lot de questions et de remarques convenues où vous vous apprêtez à puiser. J'y ai pensé fugitivement, certes, encore que la comparaison ne m'eût pas semblé si déplacée eu égard à ma gêne quand je suis rentré dans la maison et retourné dans le salon. En outre, je n'avais pas le nom de ce type. Également, je suis allé dans la cuisine me servir un verre que j'ai emporté avec moi. Enfin, c'était aussi comme si je le voyais pour la première fois. Quand je l'avais découvert, j'avais immédiatement appelé puis cherché Diane, naïvement convaincu, comme je suppose qu'il arrive aux autres en pareil cas, que l'explication qu'elle me donnerait atténuerait en quelque sorte le fait lui-même, en l'humanisant, en somme, en lui ôtant un peu de sa brutalité. Aussi bien, ç'avait peut-être été le besoin, confronté à ça, de m'en échapper vers quelqu'un de vivant et qui pût, par ses mots, faire exploser la compacité d'un tel poids de silence. Ou, encore, de conjurer, par les réponses de Diane, l'absurdité de ma découverte. Toutes espérances déraisonnables, évidemment, et qui m'avaient fait adopter une provisoire attitude d'évitement. Toujours est-il que j'ai pris le temps, cette fois, de voir vraiment le corps et que j'ai d'abord noté (c'est un détail que j'avais enregistré à la marge de ma conscience, mais que je n'avais pas retenu, figé qu'il était resté dans la gangue du décès, incorporé dans une vision trop globale, qui annulait toute apparence particulière), j'ai d'abord noté que l'homme était habillé. À la lumière de ce que je pouvais savoir à ce moment de sa relation avec Diane, j'aurais pu de la même façon l'imaginer nu, tombant de la mezzanine, et ce constat qu'il ne l'était pas, et qui infirmait inutilement mes craintes (puisque, si ce n'était pas ce jour-là, il y avait eu d'autres jours où ils avaient été nus dans cette maison), m'a rapproché, en quelque sorte, de la question de son identité. Debout, d'un regard plongeant, j'ai observé son habillement, qui témoignait d'un certain goût, avec toute l'attention que réclamait la sorte de jalousie dont j'étais devenu la proie, et qui fonctionnait elle aussi comme un obstacle, si l'on veut, à ma prise en compte de la gravité de la situation. L'homme portait des vêtements sport bien coupés, d'une texture exceptionnellement légère, il était mince et musclé, et, quant à son visage, dont je ne voyais que le profil droit, écrasé par sa position, la joue un peu affaissée par une pesanteur que la mort avait inscrite dans la pérennité, il était régulier, avec des pommettes osseuses, sous des yeux enfoncés et grands ouverts où se lisait une forme d'étonnement. Il avait une jambe et un bras pliés, chacun d'un côté du corps, dont l'autre bras se détachait, lancé au-dessus de sa tête, tandis que l'autre jambe était tendue vers le bas dans le prolongement du corps. Sa montre, qui marquait la même heure que la mienne, ne s'était donc pas brisée sous le choc et n'indiquait rien quant au moment du décès. Il n'y avait pas de trace de sang.

J'ai fouillé ses poches, à savoir celles de son pantalon léger, dont je n'ai retiré qu'une centaine d'euros, un briquet jetable et une clé accrochée à un porte-clés lumineux. J'ai tout remis en place en m'apercevant trop tard que j'y avais inscrit mes empreintes. En même temps, je ne m'en suis pas plus inquiété que ça. J'ai poursuivi mes recherches. Il n'y avait pas de veste pendue à la patère de l'entrée et je suis remonté dans notre chambre. Pas trace de veste (ni de blouson, ni de sac). Le lit n'était pas défait (là non plus, je ne m'en étais pas avisé la première fois). L'homme ne portait rien d'autre et il n'avait pas de papiers sur lui (mais il n'avait pas non plus de téléphone, ou bien son téléphone avait disparu, éventuellement emporté par Diane, j'avoue que m'est venu un tel soupçon). Trois montants de la balustrade avaient cédé, dont l'un plongeait vers le rez-de-chaussée avec un fragment de la barre d'appui. Je n'ai touché à rien cette fois, comme s'il convenait de garder les choses en l'état. Je sentais confusément que tout ce que je ferais à partir de maintenant modifierait la situation initiale dans un sens dont j'étais incapable de mesurer la portée. Je n'ai donc d'abord rien fait. De toute façon je repensais à Diane. Et pour commencer à son départ. Elle était évidemment partie très vite, et le bref échange que nous avions eu, pour à peu près clair qu'il eût été, concernant le désordre psychique dans quoi elle se débattait, l'était un peu moins en ce qui concernait ma place dans tout ça. La première sensation que j'ai éprouvée, donc, comme je l'avais déjà éprouvée quand Diane était partie, que j'éprouvais de nouveau, par conséquent, mais avec davantage de force, c'est que j'étais seul. Que Diane m'avait laissé seul. Avec mon assentiment, sans doute. Mais je ne donnais pas bien cher, en ces instants, de mon assentiment. J'avais vaguement l'impression de m'être fait avoir. J'ai failli rappeler Diane pour m'assurer que je n'avais pas rêvé, pas à propos du mort, qui l'était, mort, bien sûr, mais à propos de son départ. Je me suis fait la réflexion qu'elle aurait pu partir moins vite, quand même. Mais je ne l'ai pas appelée. J'ai préféré lui laisser du temps, et à moi aussi. Pour comprendre. Dans quelle situation je m'étais mis, s'entend. Par amour, évidemment. Je ne pensais pas qu'un jour ça m'aurait conduit là, me suis-je dit. Et pourtant, ai-je pensé. J'y suis. Je couvre ma femme. Je ne sais pas encore comment, mais je la couvre. Elle a peur. Elle a fait une connerie. Et donc.

Et donc j'ai pensé à Paul. Paul n'est pas avocat, non. J'ai pensé à Paul parce que j'avais besoin de quelqu'un à qui parler. J'ai imaginé l'appeler et lui raconter tout. J'y ai immédiatement renoncé. Paul avait beau être un ami cher, y compris aux yeux de Diane, il n'était pas certain que je voulusse le mettre dans la confidence. Et pourtant je pensais obsessionnellement à Paul et à personne d'autre. J'avais mon téléphone à la main et je regardais le mort du haut de la mezzanine. J'avais vécu quelques cauchemars par le passé mais aucun qui eût revêtu un tel relief, avec la même certitude d'un basculement.

C'est cette constatation qui m'a calmé. Parce que j'étais loin, depuis un moment, de cette sensation de désagrément que j'avais éprouvée d'abord. J'avais maintenant conscience de tout. Et donc j'étais tendu, j'avais peur, je ne comprenais rien (ce qui est une manière d'accéder à la conscience), mais, jusqu'à présent, j'avais résisté. Tandis que là, j'étais passé de l'autre côté, j'avais changé de statut. D'où le calme. Quelque chose venait de se substituer à l'urgence, une forme d'adaptation. La seule urgence qui demeurait, c'était celle, relative, que me dictait l'échéance de la décomposition du corps. Mais, je l'ai dit, pour l'essentiel l'urgence avait disparu.

Je suis allé sur Google, où je me suis rafraîchi la mémoire. La décomposition démarre deux jours après le décès, on enterre d'ailleurs bien souvent au bout de trois ou quatre jours (grâce aux soins de conservation, il est vrai). Impossible en revanche de savoir à partir de quand le corps dégage une odeur gênante. Tout sur les caractéristiques de cette odeur, dont je n'avais que faire. Bien que j'eusse un peu de temps devant moi, désormais (va pour deux jours, me suis-je dit), je n'ai pas pris celui de m'énerver contre Google. Il était dix-neuf heures quarante-cinq, et, pour la première fois depuis mon arrivée dans la maison, je me suis senti désœuvré. J'ai eu faim, mais c'était peut-être une réaction, et donc j'ai quitté Google, je me suis levé et l'idée m'a traversé que nous aurions pu être à un buffet, le mort et moi, sauf qu'à un buffet tout le monde est debout, évidemment, toutefois le projet s'est installé en moi de manger n'importe quoi devant lui ou plutôt non, pas devant lui, mais en sa présence, en tout cas avec la conscience de sa présence, dans la cuisine, mettons, je ne pense pas en vérité que j'aurais eu le front de revenir dans le salon avec ma tranche de jambon glissée dans un morceau de pain. J'ai ouvert le réfrigérateur, donc, et j'ai mangé mon jambon glissé dans un morceau de pain, debout dans la cuisine, avant de me préparer un café. Pour finir, je me suis resservi un verre. De cognac, cette fois. Je suis revenu dans le salon avec ce verre de cognac. J'ai regardé un peu le mort en faisant tourner le cognac dans mon verre. J'ai bu et j'ai essayé de réfléchir.

J'avais beau avoir le mort sous les yeux, c'est à Diane que j'ai repensé. En faisant le lien avec lui, naturellement. Comme je n'arrivais pas à me décider, à adopter une attitude cohérente en ce qui le concernait, j'ai commencé (en pensant à Diane, donc, les choses tournaient ainsi en boucle dans ma tête) à le voir vivant, comme par une brèche. Je me suis dit que Diane avait quitté l'hôpital à une heure inhabituelle pour le retrouver, et j'ai appelé l'hôpital pour en obtenir la confirmation. Or, en questionnant la personne du service qui décrochait, et dont la voix m'a paru incroyablement normale, tout droit sortie de ce monde auquel je n'appartenais plus, j'ai appris quelque chose de différent. Depuis deux mois, Diane ne travaillait plus le vendredi après-midi à l'hôpital. J'ai raccroché en remâchant ce que je venais d'apprendre et qui ne m'étonnait déjà plus. À ça aussi, je commençais à m'habituer. Je me remémorais par bribes, devant le mort, ma vie avec Diane, ce qui s'est révélé plus aisé que je n'aurais pu le supposer. J'avais déjà remarqué, par le passé, à quel point en pareille situation la vie peut resurgir. La différence ici, l'écart que j'accomplissais en me souvenant de ma vie avec Diane en présence de ce mort-là tenait, je crois, au fait que je ne connaissais pas ce mort-là, méconnaissance par où s'inscrivait toute son étrangeté et qui accusait sa présence. Le corps que j'avais sous les yeux gisait devant moi de façon particulière, insistante, duquel néanmoins je me détachais pour penser à Diane et moi. Et la sensation de m'être trompé, ou de l'avoir été, venait poser sur toutes les scènes, sur toutes les images que je convoquais, une sorte de vernis qui les glaçait, avec de surcroît la conscience d'une phénoménale absurdité et, malheureusement, d'une tout aussi phénoménale banalité. J'ai vidé mon verre et je suis allé le remplir dans la cuisine. Je suis retourné m'asseoir en face du mort que j'ai tenté de situer dans un cadre socioprofessionnel quelconque. La pâleur bleuissante de sa peau, l'absolue fixité de ses traits l'emportaient largement sur son habillement, lequel, en retour et malgré son style décontracté, semblait bien plutôt un habillage, comme celui dont on affuble les défunts en temps ordinaire. Son expression d'étonnement interdisait en outre de lui prêter, à titre posthume, le moindre quota de vie intérieure, à quoi j'eusse pu greffer, par exemple, un goût de la lecture ou la liquidation d'une enfance flétrie. Je l'imaginais au reste mal exerçant un métier physique, ses mains étaient lisses, ses ongles proprement coupés, et, à l'évidence, il appartenait à tout le moins au sommet de la classe moyenne, considération sur laquelle je ne me suis pas attardé. J'ai préféré me demander où et comment Diane l'avait rencontré. Je n'avais pas souvenir d'une soirée où je l'eusse vu, et guère davantage d'une autre où Diane serait allée seule, puisqu'en règle générale nous sortions ensemble ou invitions ensemble un petit nombre de personnes, que nous connaissions déjà. À l'hôpital, me suis-je dit soudain. Évidemment, à l'hôpital. Diane a soigné cet homme. Pour rien, en définitive. J'ai terminé mon verre. Ma sensation de solitude s'est accrue et j'ai repensé à Paul. Et, en repensant à lui, je me suis senti plus seul encore, notamment dans la mesure où je m'interdisais de l'appeler. Je sais ce qu'il va me dire, ai-je pensé, et je n'ai pas envie d'entendre ça. Et donc je ne l'appelle pas. Et alors, cependant que je tournais en rond dans ce nouveau cercle, c'est lui qui m'a appelé. Je n'ai pas décroché, et j'ai vu qu'il laissait un message. Bien sûr, j'ai écouté le message. Paul m'informait qu'il passerait dans une demi-heure, je ne resterai pas dîner, disait-il, je veux juste vous déposer un DVD, un truc remarquable, une série, je sais ce que tu penses des séries, et tu as tort, mais là, en plus, disait-il, et ça a coupé. Dans une demi-heure, donc, Paul serait là, il sonnerait au portail et il serait inutile que je fasse comme si j'étais absent, je savais qu'il avait un double des clés dans sa boîte à gants. J'ai par conséquent et immédiatement, après l'avoir regardé, associé le mort à une idée de placard, puis, plus raisonnablement, à la voiture, que je pouvais rentrer dans la cour, sur quoi donne le salon. Et donc soulever le corps seul, ça n'était plus tout à fait de mon âge, mais le traîner, pourquoi pas. J'ai rentré la voiture, refermé le portail et mis des gants de cuisine. Au moment d'empoigner le corps, toutefois, je me suis arrêté dans la sorte d'élan que j'avais pris, j'ai regardé le type, ce n'était pas la première fois que ce mot vaguement méprisant me venait à l'esprit, de toute façon je n'arrivais plus à penser *homme*, ça me paraissait caduc, j'ai donc regardé ce que je pouvais encore voir et j'ai tenté d'imaginer Diane contre ça, ou parlant avec ça, voire écoutant ça parler, puis j'ai fait un effort et j'ai pensé *lui,* j'ai cherché de nouveau à lui imaginer autre chose que cette expression d'étonnement qui ne le quittait plus, et j'y suis arrivé, en un sens, mais j'étais très loin de mon point de départ, ça n'était pas crédible. Je suis revenu sur les vêtements, peut-être, me suis-je dit, Diane a-t-elle aimé l'élégance de ce type, mais ça non plus ça ne m'a pas emmené loin. Je l'ai soulevé par les épaules et je me suis rendu compte que, indépendamment de ce que j'étais en train de faire, quelque chose me gênait, qui en réalité m'avait gêné depuis le début. Je l'ai reposé, je lui ai fermé les yeux, je l'ai repris et je l'ai tiré en deux ou trois fois jusqu'à la porte. Je l'ai emmené comme ça jusqu'au gravier, où ç'a été plus dur, mais l'effort m'avait dégrisé. Je suis allé chercher la brouette dans la dépendance, je l'ai couchée sur le côté le long du corps, j'ai fait rouler le corps jusqu'à l'amorce de la caisse, j'ai poussé le corps dedans et, tout en le maintenant à l'intérieur, j'ai relevé la brouette. J'ai amené la brouette au bord du coffre et là j'ai déplacé la tête et les épaules vers l'intérieur du coffre, puis j'ai poussé le corps au niveau des reins et je me suis arrangé pour le reste. J'étais quand même exténué. Je fermais le coffre quand Paul a sonné au portail.

Là, quand je suis allé lui ouvrir, j'ai pensé que, comme j'étais bien décidé à ne rien lui dire (parce que j'aurais pu, dans un premier temps, lui dissimuler le corps et dans un second temps, mes nerfs cédant, tout lui révéler, mais non, je n'avais pas l'intention de craquer), je n'étais pas mécontent, donc, qu'il s'approche un tant soit peu de la vérité quand il s'avancerait à hauteur de la voiture. C'était modeste, comme participation de son côté, mais ça m'aidait.

Paul tenait à la main son DVD, tel un cadeau (c'en était peut-être un), il était venu pour ça, il n'y avait du reste jamais entre nous de préliminaires, on reprenait les choses là où on les avait laissées, et donc on enchaînait sur le DVD qu'il a tenu par-dessus mon épaule en m'embrassant sans me demander comment j'allais. Il savait que j'allais bien, a priori, et moi aussi j'en savais autant à son sujet, il m'a juste demandé pourquoi j'avais rentré ma voiture dans la cour. Je voulais la laver, ai-je dit maladroitement, comme si j'avais prévu de la laver tout de suite et que son arrivée m'y eût fait renoncer dans l'immédiat, de sorte que j'ai craint un instant qu'il ne me propose de m'y mettre sans attendre, éventuellement avec son aide, et alors quand on a lavé sa voiture on aspire aussi à l'intérieur, si bien que j'ai dit mais pas maintenant, hein, parle-moi plutôt de ton DVD, tu veux boire quelque chose ? et je l'ai entraîné vers la maison, où je savais que la balustrade de la mezzanine était désormais en ruine. Non, a dit Paul, en me suivant, toutefois. Ça va ? a-t-il ajouté. Mais oui, très bien, ai-je dit, tu ne veux vraiment rien boire ? Je vois bien que ça ne va pas, a dit Paul, qui n'est pas spécialement un imbécile, sinon qu'il s'est laissé aller à s'installer à la campagne, comme moi, avec cette bonne idée tout de même de choisir une maison à trois kilomètres de la nôtre. Tu es tendu, a-t-il dit, un problème ? un problème avec Diane ? Écoute, jusque-là, non, ai-je répondu dans un sourire censé suggérer une distance, c'est-à-dire un bien-être, et Paul en entrant a dit bon, il faut que vous regardiez ça, au moins le premier épisode, et il a posé le DVD sur la table basse, après quoi seulement il a vu la balustrade. Qu'est-ce qui s'est passé ? a-t-il dit. J'ai failli tomber, ai-je dit. Je comprends que tu sois tendu, a dit Paul. Mais on en a déjà parlé cent fois, de cette balustrade. Je sais, ai-je dit, on n'aura plus besoin d'en parler, maintenant, je vais la faire réparer. C'est l'histoire d'un assassin, a enchaîné Paul, mais vous verrez, on s'y attache incroyablement, c'est très fort. OK, ai-je dit, dès qu'on a deux minutes on le regarde. J'y compte bien, a dit Paul, et là, j'ai compris qu'il repartait, comme il l'avait annoncé dans son message. Il s'est dirigé vers la porte du salon et je l'ai suivi dans la cour, où il m'a demandé cette fois ce que je faisais avec ma brouette au bord du coffre de ma voiture. J'ai dit rien, je la poussais pour la ranger dans la dépendance quand tu as sonné et je l'ai laissée là. J'ai planté des trucs, en fait, j'ai transporté du terreau avec. C'est un peu tard pour planter, a dit Paul. Il paraît que non, ai-je répondu, ce n'est pas ce qu'ils m'ont dit à Jardiland. Jardiland ! s'est exclamé Paul. Pourquoi pas Gamm vert ? Tu ferais mieux de t'adresser aux petits pépiniéristes, Jacques-Henri Fraysse à Bléval, par exemple, un vieux formidable, qui cultive aussi des palmiers. Je ne t'en ai jamais parlé ? Non, ai-je dit. On plante, mais on ne parle pas tellement de plantations, ai-je observé, et j'ai craint tout à coup que Paul n'exprime le souhait de voir ce que j'avais planté, côté jardin, donc, à l'opposé du côté où nous nous trouvions, et sur quoi nous n'avions pas vue, il fallait traverser la maison, mais il n'a pas exprimé un tel souhait, il a juste dit que finalement il se demandait si on se parlait assez, de plantations et du reste. Peut-être pas, ai-je dit, et j'ai eu soudain très envie de lui parler, justement, pas du mort, mais de Diane, qui m'aurait tout doucement conduit au mort, avec un peu de chance, mais ça m'a passé, heureusement, d'ailleurs Paul aussi, qui changeait trop souvent de sujet, à mon goût, qui ne s'installait jamais dans un registre, un garçon fougueux avec trente ans d'âge mental, ai-je pensé, ce qui me plaisait chez lui c'était sa propension à l'enthousiasme comme à la souffrance, ce qui me plaisait moins c'était la même chose, en fait, ou plutôt le passage brutal de l'un à l'autre, parfois, qui me fatiguait, sauf que Paul restait un des hommes qui me fatiguait le moins, qui dans mon entourage vivait le plus, et qu'importe si c'était désordonné, Paul m'agaçait et me touchait, voilà, qui cependant me saluait amicalement et s'en allait. J'ai simplement refermé le portail sur lui. J'ai regardé la brouette et la voiture, j'ai rangé la brouette, j'ai rouvert le portail, je me suis mis au volant, j'ai sorti la voiture, j'ai refermé le portail, je me suis remis au volant et j'ai pris la direction de l'Hyper-U (je savais qu'il fermait plus tard le vendredi et l'idée m'était soudain venue d'y acheter des pains de glace). Tout en roulant, je voyais autour de moi les blés ras, avec au loin des parcelles de colza qu'effleurait une lumière sublime. Adieu à tout ça, me disais-je. Quand j'ai eu garé la voiture sur le parking, j'ai pris particulièrement soin de verrouiller les portières. Dans le magasin, j'ai cherché en vain des pains de glace, sans oser demander à un vendeur si le magasin en vendait. Une dame, cependant, alors que je stationnais devant les bacs à glaçons, m'a souri et m'a dit qu'elle cherchait des pains de glace. Vous aussi, peut-être ? m'a-t-elle demandé. Non, ai-je dit. Eh bien moi, si, a renchéri la dame, ceux que j'ai achetés il y a deux ou trois ans à Ikea, je les ai perdus et je n'en trouve nulle part ailleurs. Vous avez perdu des pains de glace ? ai-je dit, manière d'adopter une contenance face à ce qui m'apparaissait comme une confidence un peu brutale, et surtout inquiet que trop d'indifférence de ma part pût éveiller le moindre soupçon, et vous avez fait comment ? Sans pains de glace ? a dit la dame. Non, pour les perdre ? ai-je dit. Ah, a dit la dame, qui m'a immédiatement expliqué comment elle avait perdu ses pains de glace, une histoire assez longue, une histoire de déménagement mais pas seulement, avec pas mal de péripéties, mais évidemment je n'écoutais que d'une oreille, j'avais surtout retenu qu'à Ikea on vendait des pains de glace. Quand elle a eu fini, et qu'on s'est éloignés l'un de l'autre dans la travée, je me suis avisé que l'Ikea le plus proche était à une vingtaine de kilomètres, qu'il devait être fermé et que toutes les grandes surfaces alentour, à cette heure, devaient être fermées. J'ai donc remis mon projet d'acheter des pains de glace au lendemain, samedi, ce qui ne m'arrangeait pas. Je suis retourné à la voiture et je suis resté un moment à l'arrêt avec ce problème de savoir quoi faire du corps en attendant les pains de glace d'Ikea (je ne me suis aperçu que plus tard que je m'étais acharné trop longuement, et surtout inutilement, sur cette histoire de conservation).

J'ai remarqué, en reprenant le volant, que j'oubliais par moments ce que je transportais. C'est la même chose avec les morts qu'on ne transporte pas, ai-je songé, qu'on veille, par exemple, ou même qu'on ne veille pas, qu'on pleure, simplement, on les oublie aussi et ils vous reviennent, et donc la différence est ailleurs, elle est dans l'illégalité, voire dans mon éventuelle complicité, et c'est aussi cette éventuelle complicité que j'oublie par moments, ou dont je me ressouviens. Sans compter l'éventuelle culpabilité de Diane, bien sûr. Mais ce n'était pas ce que je retenais d'abord. Je veux dire que, en admettant qu'elle le fût, coupable, ce n'était pas sa culpabilité que je retenais prioritairement. Ce que je retenais avant tout, c'étaient les conséquences de sa culpabilité, les menaces qui pesaient sur elle. Bref, j'avais peur pour elle. Je la maudissais. Je nous plaignais. Mais j'avais peur pour elle.

J'aurais voulu la sauver, en fait. En attendant, j'avais déplacé le corps. Et c'était ma responsabilité de l'avoir déplacé. Je pourrais le remettre à sa place, me suis-je dit. Pourquoi pas ? Avec des gants.

Mais non. Je l'avais trop bougé. Sa position ne serait plus naturelle. Je n'allais pas imiter une chute, tirer sur un bras, épousseter sa chemise. Je le laisserais là où il était.

J'ai rangé la voiture dans la cour. Je me suis demandé s'il fallait que j'ouvre le coffre, si c'était mieux pour la conservation. Je l'ai d'abord ouvert, mais ça s'est allumé à l'intérieur et j'ai pensé à la batterie. Je l'ai par conséquent refermé. Je me suis dit aussi que dans ces conditions le corps offrirait moins de prise aux mouches. Je suis rentré dans la maison, où je n'ai pas su où me mettre. Dans le salon, il y avait la télé et le canapé, tout ça bien près de l'endroit où l'homme était tombé. Je me suis assis tout de même dans le canapé, j'ai pris la télécommande et je l'ai reposée. J'ai regardé l'écran noir, le DVD de Paul sur la table basse, et j'ai repéré ces deux choses comme ce qui était nouveau dans ma vie, depuis la découverte du corps, donc. Le DVD de Paul, je savais déjà que je n'y toucherais jamais, et, quant à l'écran noir de la télé, ce n'était pas la première fois que je le fixais, j'avais déjà eu des passages à vide, et même des moments cauchemardesques, comme je l'ai dit, et ça m'était arrivé de me planter devant cet écran noir en essayant de me vider la tête – je n'étais jamais parvenu à le faire en zappant d'un programme à l'autre – mais c'était la première fois où je sentais que ce serait aussi la dernière. Tout ce qui était postérieur à ma découverte du corps me rappelait cette découverte et le reste avec. À partir de ce moment, j'ai eu peur de poser le regard où que ce soit ailleurs dans la pièce, j'ai eu peur de ne plus pouvoir rien faire les yeux ouverts, de sorte que je les ai fermés. Là, ma pensée a filé à toute vitesse et la seule raison que j'ai trouvée de les rouvrir de temps en temps, ç'a été de regarder l'heure. Je me suis traîné comme ça jusqu'à vingt-deux heures trente, à voir ma vie défiler dans le noir, évidemment je n'ai pas commencé par là mais c'est venu, revenu, plutôt, ma rencontre avec Diane, lumineuse, tardive, et l'enfant que nous avions perdu en même temps que le courage d'en faire un autre, quant à savoir si c'est ce qui nous a manqué, me suis-je dit, ou alors c'est moi qui, ou peut-être bien elle, en fin de compte, Diane, que j'aime plus que vivre, et qui m'a aimé jusque-là, à moins que je ne me trompe, que tout ça n'ait été qu'un point de vue, une confusion, et je me suis avisé que je m'apprêtais, au-delà du reste, à passer la nuit sans elle. Je n'avais évidemment pas sommeil, mais j'ai envisagé d'aller me coucher, dans l'immédiat c'est ce qui me paraissait le plus simple. Je me disais que de toute façon j'aurais besoin de forces, pour le lendemain, et je suis monté dans notre chambre. J'ai pris une douche, je me suis couché, j'ai éteint, j'ai rallumé et je me suis relevé. Je me suis souvenu que les voisins d'en face partaient en vacances le lendemain, qu'ils m'avaient laissé leurs clés le matin même, que leur voiture était sans doute déjà chargée dans leur cour pour le départ, et qu'ils avaient un grand congélateur dans leur garage. J'ai envisagé d'aller vider leur congélateur, sinon cette nuit, du moins le lendemain après leur départ, d'y installer le corps et, plus tard, de racheter toutes leurs provisions à l'identique et de les y remettre, et j'ai caressé un peu cette idée, pas longtemps, c'était hors de propos, et j'ai repensé à mes pauvres pains de glace d'Ikea, je m'étais fait tout un film avec ça et j'ai eu pitié de moi, plus ça allait moins je trouvais de solution satisfaisante. Je suis descendu me préparer un café, j'ai pensé à me mettre à fumer mais je n'avais pas de cigarettes, j'ai arpenté le salon et je me suis dit que je n'étais pas fait pour ce genre de situation. Et que, pour ce genre de situation, il existait tout bêtement des professionnels. Autant dire que, pour la première fois, en tout cas de manière frontale, j'ai pensé à la police. Et c'est comme ça que, en plus de ce que à quoi je devais m'adapter depuis ma découverte du corps et le départ de Diane, j'ai dû m'arranger avec la honte, et j'ai essayé de dormir.

J'ai essayé, donc. J'étais conférencier. Dans la réalité, pas en rêve. Ça ne payait pas trop mal et ça me laissait du temps. Non que j'eusse eu besoin de temps. Je l'occupais mal, mon temps. Je m'efforçais surtout de le retenir. Je lisais, sans doute. J'étais passionné, comme on dit. Fatigué, toutefois. Depuis que, faute de partenaire, j'avais laissé tomber le tennis, Diane me poussait à faire du sport et j'avais le projet de m'acheter un sac de sable. Pour taper dedans tranquillement, au départ. Puis en affermissant mes coups. Et donc j'aimais bien donner mes conférences. J'en donnais une le lendemain après-midi à la maison de l'Orge, à Longeville. J'en donnais beaucoup à cette maison de l'Orge. Cependant, mes compétences s'étendaient au-delà du département. J'avais écrit un livre pour ça, dans ma spécialité, manière de me faire connaître. Au départ, le livre n'avait pas suffi, j'avais dû intriguer pour me placer. En tout cas, s'il n'y avait pas que la maison de l'Orge, la maison de l'Orge était là. Et je devais m'y rendre le lendemain.

J'avais une formation d'historien. J'avais pratiqué l'enseignement sans don, je ne croyais pas à mon rôle. C'est en me tournant vers les adultes que j'avais trouvé ma voie. Les adultes m'avaient tout de suite pris au sérieux. Je les appréciais. Ceux qui venaient m'écouter voulaient apprendre, ils ne cherchaient pas à tricher avec ça. Ces derniers temps, je leur parlais de la guerre de Cent Ans, c'est un sujet inépuisable et complexe, raison pour laquelle je l'avais élu. Je savais qu'on ne peut pas l'aborder d'une traite, surtout pas en le résumant, on ne retient rien. Je découpais, donc, dans cette opulente matière au gré des dates anniversaires ou des lieux où se programmaient les conférences. L'idée de celle du lendemain, parce qu'elle se déroulerait le lendemain, précisément, qui verrait ma première réapparition dans le monde après ma découverte du corps – à laquelle je devais adjoindre désormais ma dissimulation du corps, dont je me répétais que je n'aurais pas pu y obvier, notamment en repensant à Paul –, m'empêchait particulièrement de dormir, d'autant que je m'y rendrais en voiture. Mais il n'y avait pas que la conférence et le stationnement de ma voiture sur un parking de Longeville avec le mort dans le coffre qui m'inquiétaient, il y avait aussi, le lendemain matin, mes courses à Ikea et le stationnement de ma voiture sur le parking du magasin avec le mort également dedans, et, surtout, à Longeville et à Ikea, de même que partout ailleurs à partir de maintenant jusqu'à une date (dans deux jours, a priori) au-delà de laquelle il me faudrait prendre une autre décision, il y avait dans ma voiture le mort qui, où qu'elle fût garée, n'avait rien à y faire. Et donc non, je n'arrivais pas à dormir (je me demandais notamment où était partie Diane, c'est-à-dire que je réfléchissais à des lieux, comme si de savoir où elle se trouvait, ou se trouverait, eût pu me rapprocher d'elle), de sorte que ma nuit s'est étirée dans des proportions épuisantes, irréelles, et qu'à six heures le lendemain matin, quand je me suis levé, j'ai envisagé sérieusement de me recoucher en prenant une dose de calmant, ce que j'ai d'ailleurs fait en mettant mon réveil à sonner de façon à arriver à Ikea à dix heures, qui était l'heure de l'ouverture. Quand le réveil a sonné, j'ai eu plus de mal à me lever que je n'en avais eu précédemment à me tenir debout. J'ai songé à me rendormir et à ne plus rien faire, pas un appel, pas un geste, pas une pensée, à tout lâcher finalement et à ne plus rien attendre que l'inévitable, qui prendrait le visage qu'il voudrait, et naturellement – ou pas naturellement, comment savoir ? – j'ai lutté contre moi-même, contre l'épuisement, contre l'aveuglement, j'ai décidé d'aller à ma conférence et de la donner, et d'abord de me rendre à Ikea, et c'est seulement en route pour Ikea, dans un état de fatigue tel que je déviais parfois de ma voie, que j'ai commencé à douter sérieusement de l'utilité des pains de glace. Il a fallu que j'atteigne le magasin, et son site, pratiquement introuvable, aux accès retors, à l'aide d'une signalisation scandaleusement lacunaire, puis que je parvienne au secteur cuisine et que je découvre enfin leurs pains de glace, qui existaient, en effet, pour obtenir la confirmation que mon idée n'était pas si bonne, leurs pains de glace avaient le format d'un livre de poche, et, non pour en recouvrir le mort, certes, mais pour l'en border, disons, il m'en aurait fallu une centaine – c'était un premier calcul approximatif – et je ne me voyais pas arriver à la caisse avec une centaine de pains de glace dans mon chariot. L'autre argument qui m'a dissuadé de les acheter, c'est qu'il m'aurait fallu, pour pouvoir les utiliser, parvenir à les caser dans notre compartiment congélateur, et ce, pour un certain temps qui se serait ajouté à celui pendant lequel la décomposition du corps se serait poursuivie. J'ai dû également traverser les différents secteurs d'Ikea – je me suis arrêté un instant devant les tapis – pour prendre conscience tout à coup (je me trouvais juste avant les caisses, dans la zone des occasions, où étaient proposés d'assez corrects placards, au prix particulièrement attrayant) que j'avais eu tort, jusqu'ici, de m'acharner à conserver le corps. Ce n'était pas ce que, en tout état de cause, la police m'eût reproché de n'avoir pas fait. Le problème était évidemment ailleurs, il était non pas, du reste, dans la dissimulation sécurisée du corps, mais, à plus ou moins court terme, dans son escamotage. J'avais encore plusieurs heures avant ma conférence, qui me permettraient de réfléchir à cet aspect (mais pas nécessairement avec tout le calme requis, ai-je pensé). J'ai commencé à envisager plusieurs solutions, que je préfère ne pas évoquer. Auparavant, je suis allé retrouver ma voiture sur le parking, où j'ai été tenté d'ouvrir le coffre pour vérifier que le corps s'y trouvait toujours. Idée absurde, bien sûr (j'avais verrouillé les portières), mais qui m'a occupé un certain temps sur le chemin du retour, jusqu'à ce qu'en vérité, n'y tenant plus, je me sois arrêté au bord de la route pour en avoir le cœur net. Pas exactement au bord de la route, en fait. J'ai pris un chemin de traverse, où je me suis avancé le long d'un bois sur ma droite et d'un champ sur ma gauche, de façon à me trouver hors de vue des voitures, sinon d'un éventuel agriculteur (quelqu'un pouvait aussi sortir du bois). Puis, avec d'infinies précautions, j'ai ouvert le coffre. Pas de surprise, donc, le mort était bien là, et en même temps surprise, parce que je le redécouvrais, ou plus exactement je me surprenais, je me prenais en flagrant délit, et j'aurais immédiatement refermé le coffre si l'idée ne m'était venue, à ce moment précis, de vérifier que le corps ne dégageait pas encore d'odeur gênante – mais je suis anosmique, en tout cas je n'ai rien senti. Ça m'était venu vers la trentaine, cette anosmie, j'avais le souvenir de certaines odeurs mais je n'en percevais aucune à l'exception de celle du lisier quand ils en épandent dans les champs. Avant de refermer le coffre, toutefois, j'ai imaginé en extraire le corps, puis le traîner jusqu'à un fourré, mais ça m'a paru compliqué et voyant (j'étais relativement à découvert), indépendamment du fait que je n'en étais pas à recourir à une solution hâtive et que j'entendais précisément prendre le temps d'y réfléchir. J'ai refermé le coffre. Je suis rentré, je me suis fait une sorte de déjeuner et il me restait quatre heures à tenir avant ma conférence. Au beau milieu de ces quatre heures interminables, mon téléphone a sonné, où s'est affiché le nom de Sérusat. Comme pour un certain nombre d'autres contacts, que j'avais enregistrés en des occasions diverses, je ne me souvenais pas à qui ou à quoi ce nom correspondait, mais j'ai immédiatement soupçonné ce Sérusat d'en savoir tout à coup beaucoup plus long sur moi que je n'en savais sur lui, et j'ai même failli décrocher pour en avoir le cœur net. Je me suis contenté d'essayer, après avoir laissé sonner l'appareil, de solliciter ma mémoire, et je n'ai rien trouvé, ce qui m'a donné l'occasion, que j'ai saisie avec une forme de culpabilité – j'aurais été mieux inspiré de réfléchir à mes problèmes –, de faire défiler mon répertoire de téléphone et d'en interroger les contacts dont le statut équivalait à celui de Sérusat, à savoir qui ne me disaient absolument plus rien. J'en ai éliminé beaucoup, en conservant notamment un Onfred, un Ivanovitch et un X qui m'ont paru suspects. Ce qui m'a occupé un certain temps, jusqu'à ce que je songe à rappeler Diane, ce dont je me suis gardé, puis que j'en vienne à installer des applications stupides, de sorte que je n'ai pas quitté mon téléphone avant de me lever pour partir (j'avais essayé entre-temps de dormir en position assise). J'ai rouvert le portail, je me suis mis au volant, j'ai refermé le portail et j'ai pris la direction de Longeville où je me suis garé, comme à l'accoutumée, sur le parking de la mairie. Je veux dire que je me suis garé là par habitude – rassuré à l'idée que j'avais encore ce genre de réflexe –, non en fonction du contenu de mon coffre. Je me suis rendu à pied à la maison de l'Orge, en coupant par la rue des Oiseleurs pour enfiler la rue Jean-Noël-Boucher, et, sachant que je ne connaissais ici pas grand monde à l'exception du personnel de la maison de l'Orge, du personnel de deux ou trois cafés ou restaurants et du personnel de la librairie-papeterie, je me sentais relativement anonyme, cependant je suis passé devant cette dernière en détournant la tête. Le corps était loin de moi maintenant, je ne m'en étais jamais éloigné à ce point, et, au gré de ma marche et du temps qui malgré tout s'écoulait, fût-ce en termes de minutes, tantôt je m'en éloignais aussi mentalement, tantôt au contraire il m'apparaissait tout proche, dans un mélange d'aberration et d'hyperréalité. Quand je suis arrivé à la maison de l'Orge, par chance, je n'y ai plus songé, la salle se remplissait déjà et ma tête s'est immédiatement remplie, elle, du sujet de ma conférence, par un processus que je connaissais bien. J'ai tout de suite eu un problème de micro, et c'est ma voix nue qui, en s'élevant dans la salle, a retenti en moi comme un extraordinaire mensonge, par quoi, en fait, je distrayais mon auditoire de l'essentiel en l'éloignant, via le voyage dans le temps où je l'emmenais, de ce que je me suis représenté comme une actualité où je tenais le premier rôle. Pour autant, je n'étais aucunement freiné dans mon élocution, je découvrais même le petit plaisir de la duplicité, ou, plutôt, je me réfugiais dans ce petit plaisir sur lequel en vérité je ne me faisais pas d'illusion, je savais qu'aussitôt ma conférence terminée je me retrouverais face à moi-même. En attendant, j'entrais dans des développements que j'égayais de petites plaisanteries anachroniques, et, tandis que je parlais avec toute l'habileté dont je me croyais capable (et dont je me révélais, me semblait-il, effectivement capable), des strates de culture s'ouvraient en moi comme par des trappes où je me sentais aspiré, gommé du réel et recouvert de mes propres références, dans l'apaisante protection des siècles. De temps à autre, j'interceptais un regard ou j'avisais une moue que je ne raccordais pas au visage où je les voyais naître, je saisissais des expressions sans identité, comme si je m'interdisais de voir derrière chacune de ces manifestations la personne qui eût pu en surgir et me désigner au monde. Mais, dans l'ensemble, c'est avec succès que je fuyais ces gens en les tenant faute de mieux, puisqu'ils étaient là, à certaine distance par les mots et les gestes, redoutant toutefois le moment où, posant des questions, ils en viendraient à se distinguer et à se silhouetter comme des obstacles. Ce moment est venu, et je me suis débrouillé comme j'ai pu. J'étais de nouveau épuisé. Une dame après la conférence est venue me voir en aparté pour me parler de sa fille et de ses études, à qui j'ai répondu patiemment, au bord, toutefois, de l'explosion que je sentais se préparer en moi à la faveur de son insistance. J'ai été content de ça, de cette possibilité de colère. Il m'a fallu ensuite échanger quelques mots avec le personnel, mais la parenthèse était close, la bulle où je m'étais à peu près réfugié avait éclaté, je ne suis pas parvenu à paraître tout à fait normal. J'étais, comme on dit, nerveux. Je dois y aller, ai-je déclaré, et j'ai quitté la maison de l'Orge un peu plus inquiet qu'avant d'y entrer, confronté à ce que je commençais de plus en plus sérieusement à considérer comme ma nouvelle vie. Je suis retourné à la voiture, sans cependant plus me raconter que le corps eût pu disparaitre du coffre, j'ai eu au contraire l'impression que s'installait là, à partir de maintenant, une sorte de routine. Je suis tout de même rentré chez moi, ne voyant pas ce que j'aurais pu faire de mieux ailleurs. Il était dix-huit heures quand j'ai répété les mêmes gestes, ouvrir le portail, rentrer la voiture, refermer le portail, m'affaler dans le canapé en m'efforçant de réfléchir. Je me suis endormi. Je me suis éveillé. Je me suis préparé une sorte de dîner. La soirée a commencé puis, c'est ce que j'ai constaté en regardant essentiellement ma montre ou l'écran de mon téléphone (Diane aurait pu m'appeler, au fond), elle s'est poursuivie. J'ai donc vu se profiler ma seconde nuit sans nouvelles de Diane. Laquelle nuit est venue en me laissant tel que je me suis représenté dès qu'elle est tombée, à savoir démuni, avec pour seul compagnonnage un mort et une absente. Les deux m'ont occupé l'esprit chacun à leur manière, parfois en additionnant leurs charges, parfois en les allégeant mutuellement, aucune des deux pensées ne parvenant à se fixer complètement sur son objet. J'ai d'abord pris ça pour une chance, notamment de m'endormir, mais je me suis vite aperçu que ça m'obligeait au contraire à un va-et-vient qui me privait de ressources. Je ne parvenais plus, surtout, à isoler Diane, non plus qu'à faire de son absence un simple manquement. J'aurais souhaité en ces instants qu'elle m'eût quitté pour de bon (à condition que personne ne soit mort, bien sûr, dans mon esprit c'était à choisir), de façon à me concentrer là-dessus. Dans cette lutte entre les deux disparitions (le français permet une telle mise en commun), ce n'est pas celle de Diane qui l'a emporté. Au milieu de la nuit, alors que, m'étant endormi une petite heure, je m'éveillais, l'urgence absolue m'est apparue de trouver une solution, au point où j'en étais, pour escamoter le corps. Cette préoccupation, que j'avais déjà eue, ne faisait que revenir en force. Et elle était prioritairement reliée à Diane, qui en était en réalité la première responsable et que je me refusais, quoi qu'elle eût fait, à exposer plus longtemps. J'ai tout de suite pensé à la partie de notre jardin où nous faisions pousser des tomates. Nous mangions beaucoup de tomates, Diane et moi. L'espace qu'elles occupaient correspondait en gros à une tombe. Je n'ai pas pensé, à l'inverse, à sortir en pleine nuit avec la voiture pour me débarrasser du mort dans une rivière ou dans tout autre endroit où (ce à quoi je n'avais même pas pris le temps de songer quand je m'étais arrêté dans la journée au bord d'un bois) il aurait été découvert dans un délai quelconque, forcément et toujours trop court, me suis-je dit. Je me suis levé et je me suis dirigé vers le potager. À la lueur d'une lampe-tempête que j'ai calée dans la terre, j'ai, je l'admets, d'abord cueilli les tomates mûres, que j'ai rapportées dans la maison. Je suis revenu au potager avec une fourche et une pelle. J'ai déterré les pieds de tomates, que j'ai laissés sur le côté. J'ai commencé à creuser. La terre était relativement meuble, mais je n'avais jamais eu à creuser si profond. J'ai fait une première pause. Et, quand je me suis remis à creuser, tout en me demandant s'il n'était pas au fond désespérant, irrémédiable, tragique, absurde (je cherchais les mots) de continuer à le faire, j'ai senti que je ne m'arrêterais pas. La seule raison pour laquelle j'ai failli renoncer, ç'a été la fatigue. Mot faible pour traduire la douleur que j'éprouvais dans tous mes membres, et qui m'a amené à m'allonger ponctuellement sur le dos, au bord de mon début de fosse. Mes pauses, en définitive, se sont révélées plus longues que mes phases d'effort. Quand j'ai estimé avoir atteint suffisamment de profondeur, je suis allé chercher le corps, auquel j'ai fait traverser la maison dans la brouette. Je l'ai amené au bord de la fosse, où je l'ai allongé. Je n'avais plus qu'à le faire basculer, et là, c'est le mot d'irrémédiable qui s'est imposé. J'ai quand même appelé Diane avant de le faire. Elle était sur répondeur. Je ne lui ai pas laissé de message. Comme je me trouvais au cœur d'une hésitation majeure, ce qui s'est passé, je crois, à ce moment-là, c'est que j'ai préféré me concentrer sur une question moins globale, mais qui était liée à la première :

je me suis demandé si la fosse était assez profonde. Parce que, si je faisais basculer le corps maintenant, il serait hors de question d'aller le retirer au cas où je constaterais qu'elle ne le serait pas assez. C'est donc entre basculer le corps maintenant et creuser davantage avant de le faire que j'ai hésité. Et c'est finalement la fatigue qui m'a conduit à prendre la première option. Après, quand j'ai pelleté pour enterrer le corps, j'ai tenté de me raconter que j'accomplissais en fin de compte une forme de cérémonie, pas absolument condamnable en ce sens, mais pour l'essentiel j'ai consacré mes efforts à m'armer pour la suite. Je me suis senti prêt à tout, à tout le reste. J'ai replanté mes pieds de tomates sur la tombe.

Je n'ai pas eu de mal à m'endormir, cette fois. J'avais bien travaillé. J'étais à bout. Plus la force de rien. C'est le lendemain, quand je me suis éveillé, vers dix heures, et que j'ai eu pris un premier café, que j'ai eu clairement conscience de deux choses : un, j'avais fait disparaître un cadavre ; deux, Diane ne m'avait pas appelé, qui avait forcément vu que je l'avais appelée. À la lumière de ces deux constats, dire que j'ai éprouvé une sensation de solitude accrue serait insatisfaisant pour traduire ce qui se passait en moi. Isolement eût sans douté été un mot plus juste. Ou marginalité. Ou encore damnation. Heureusement, on était un dimanche.

Le dimanche, ce n'est pas que nous ne faisions rien, Diane et moi, mais quand ça arrivait, ponctuellement, nous nous y sentions autorisés. Nous prenions donc à l'occasion, le dimanche, la liberté de regarder filer la journée sans nous soucier de la remplir. Ce matin-là, je me suis senti bénéficiaire de cette même liberté, et j'ai décidé d'en faire usage. J'ai commencé par ne pas réfléchir. Encore une fois, j'avais vraiment beaucoup donné de moi-même la veille, et il m'a semblé que je méritais, au moins autant qu'un autre, de m'octroyer ce genre de pause. C'est en tout cas ce que je me suis dit. Mais c'était déjà beaucoup d'être parvenu à me le dire. On a compris que ça n'a pas duré. J'ai eu quand même cinq grandes minutes de répit. Ensuite, ma volonté de ne pas réfléchir s'est muée en la décision de n'en prendre aucune. Ça, ça a marché. Une heure plus tard, je n'avais toujours rien décidé. En revanche, j'avais réfléchi. Que faire ? me suis-je dit. À partir de lundi, naturellement.

Il y a eu aussi le moment où j'ai vu le jardin. Je veux dire qu'en temps normal j'oubliais régulièrement que j'en avais un. J'ouvrais les volets et je constatais qu'il était là, exactement comme s'il n'y avait pas été la veille. C'est une chose que j'avais remarquée en m'installant à la campagne. Le jardin était un élément neuf pour le citadin que j'étais, et il l'était resté. Surprise fréquente, donc, de ne pas ouvrir les volets sur une épicerie, devant quoi, à l'arrière-plan d'une file de voitures, eussent passé des gens en marche vers le métro. À l'inverse, redécouverte de l'herbe, des arbres, des fleurs. Choc. Irréalité. Incongruité, souvent. Là, ce dimanche, le jardin m'eût paru normal s'il n'était devenu dans la nuit une ébauche de cimetière. Je me suis éloigné de la fenêtre. Mes pas m'ont évidemment conduit vers le salon, puisque chez nous on ne décide pas d'y aller, on y passe. Ce qui n'empêche pas d'y rester. Ce dimanche-là, je me suis contenté d'y passer. Le mort était partout. Il s'était à tout le moins dédoublé. Son absence produisait le contraire d'un effacement.

J'ai appelé Diane. Répondeur. Là aussi, son absence se révélait féconde en évocations. Et son départ, à nouveau, résonnait de façon sinistre. J'ai pensé à appeler sa sœur. Puis à rouler jusque chez sa sœur, en Dordogne. Ce qui m'eût également permis de quitter la maison.

Je n'avais pas très envie de sortir. Mais partir, pourquoi pas ? Rien ne me retenait. Je suis quand même allé dans le jardin jeter un coup d'œil à mes plants de tomates. C'était loin d'être parfait. J'avais trop retourné la terre. Je l'ai tassée. Je l'ai arrosée, comme on lave. Puis je suis rentré faire un sac. Deux chemises, des sous-vêtements, un pull.

J'ai fermé la maison. J'ai sorti la voiture de la cour. Dans la rue, j'ai hésité entre Paris et la Dordogne. Diane n'était pas forcément chez sa sœur. Elle pouvait aussi bien avoir rejoint Marie-Anne Blay-Blanquart à Reims. J'ai également pensé à

France Javial. Elle habitait Calais, c'était une amie d'enfance. Je l'avais croisée deux fois. En fait, Diane pouvait être allée à Paris, chez une amie, un ami ou des amis. Ou avoir pris une chambre d'hôtel. Bien qu'elle n'y fût pas allée depuis une dizaine d'années, j'ai pensé aussi à sa cousine Marge, à Londres.

J'ai pris la direction de Paris parce que c'était ce qu'il y avait de moins loin. De surcroît, c'était résolument urbain. Au demeurant, dès lundi, je devrais être là, dans la maison, pour faire le point. Sauf si je l'avais fait avant avec Diane. J'allais donc, entre-temps, appeler Diane de Paris. Je vais à Paris appeler Diane, ai-je pensé. Sinon voir qui ? Raoul Nungesser ? Pour lui dire quoi ?

Je roulais. Sans *lui,* cette fois. J'ignorais s'il s'éloignait. J'y pensais, en tout cas. Je ne le connaissais pas. Il y avait un inconnu sous mes plants de tomates. J'aurais dû le photographier. Si je n'avais pas de nouvelles de Diane, ou si ayant des nouvelles d'elle je ne lui arrachais aucune information concernant son identité, j'aurais bien eu besoin d'un portrait pour mes recherches. Quelles recherches ? Je me confondais avec la police. Je pensais à la police, donc. Ou à la gendarmerie. J'ignorais encore de quoi je dépendais, là-bas. Je retournerais sur Google. On voit que je pensais à autre chose qu'à conduire en roulant. Quand je suis arrivé porte de Passy, je me suis demandé où j'allais.

Je me suis dirigé sans m'en rendre compte vers Montparnasse, où je me suis garé rue Delambre. J'ai déjeuné dans une brasserie. J'avais vécu là, avant. L'envie m'est venue d'y revivre.

Ça m'a passé. Je n'imaginais rien sans Diane. Je n'imaginais plus rien non plus avec elle. Depuis cette nuit, je me battais avec des ombres.

Je l'ai appelée. Toujours rien. Je me suis emporté contre elle. Je ne l'ai pas fait sur son répondeur. J'ai réglé l'addition, je suis sorti et j'ai marché. J'ai évité de longer le cimetière. J'ai pensé à aller au cinéma. Je me suis retrouvé au jardin du Luxembourg, je l'ai traversé. Je me suis retrouvé sur le boulevard Saint-Michel, où je n'avais rien à faire. Je suis revenu sur mes pas en direction de ma voiture, je me suis mis au volant. J'ai attendu. Des gens passaient. Pas mal de gens. Bonnes têtes, dans l'ensemble. Je me faisais mal. Partout où j'étais, je me faisais mal. Rentrer me semblait toutefois insurmontable.

C'est pourtant chez moi que je dois être, me suis-je dit. Pour faire le nécessaire. Quel nécessaire ? J'avais fait l'essentiel. À part joindre Diane, quoi d'autre ? Rien. Je me suis aperçu qu'en fait, toutes proportions gardées, j'étais en vacances. Même au-delà de ce dimanche. Me restait une sorte de hobby, joindre Diane. Pour comprendre. Me rassurer, aussi. Quoique. En tout cas pour voir. Envisager ce que nous allions devenir, éventuellement, elle et moi. Ou l'un sans l'autre. Elle avait, comme on dit, tout gâché. Ou tout l'était depuis toujours. Quand même. Dans mon souvenir, elle m'aimait. J'en avais des preuves. Des gestes, des regards.

Ou alors c'est lui, me suis-je dit. Elle n'y est pour rien, c'est lui. Elle, en fait, est irréprochable. Et tout à coup, lui. Elle n'a rien prévu de tel. N'est pas programmée pour ça. M'aime, indéniablement. Et tout à coup quelque chose, quelqu'un qui ne fait pas partie du jeu, qui bouscule les règles.

Je l'ai haï. Le phénomène se vérifiait que, ayant quitté le domaine du visible, il se faisait plus présent. Je le voyais. Vivant. L'imaginais. Ses bras, son regard. Envie de le tuer.

Ça m'a remis les idées en place. Dans le jargon de la criminologie, c'était un rival. Dans le même jargon, j'étais le premier suspect. Je n'avais pas pensé à ça.

Bizarrement, je n'y ai pas pensé davantage. Ou, plutôt, j'ai intégré cette pensée. J'en ai fait une donnée. Au total, un tableau pitoyable, mais je ne voyais pas l'intérêt de le restaurer, ce tableau, et je n'ai pas essayé de me dire non plus que je le noircissais. J'en étais là, c'est tout. Ajouté à ça que je devais sûrement le mériter.

J'étais coupable, en fait. Coupable de tout. Encore une fois, j'en étais là. Je commençais même à me demander si Diane avait quelque chose à y voir.

J'ai pris une chambre d'hôtel. Je n'ai pas rappelé Diane.

J'avais aussi une conférence mardi à Lyon. Je n'allais peut-être pas repasser chez moi et en repartir mardi pour prendre un train à Paris. La chambre d'hôtel était moyenne, avec vue sur la tour. J'y ai dormi à peu près bien, en tout cas d'une traite. Le lendemain, j'ai décidé de ne pas rappeler Diane. Je ne l'attendais plus. J'ai imaginé qu'elle m'avait quitté, et j'ai pensé au passage qu'après s'en être remise à moi elle adoptait un comportement peu aimant, voire peu aimable. Je n'aurais pas cru ça de moi, cette aigreur. Or l'aigreur, je l'ai noté également, n'est pas de l'amour. J'ai eu la sensation, extraordinairement neuve, d'opérer en moi deux deuils d'espèces différentes, à des stades également différents. Le deuil de Diane, et celui de mon amour pour elle. Tous deux étaient récents, mais le second s'inaugurait à peine. Dans l'instant, je l'ai trouvé plus douloureux encore. Je me peinais et je me surprenais. D'abord en lutte contre le manque, je me sentais maintenant aux prises avec le vide. Le passé me désertait, le présent n'avait pas de sens. Quant à la suite, le moins que je puisse dire est que je ne formais pas de projets. Il y avait toutefois cette conférence. Quelques amis. Mais avec rien à leur dire. J'ai repensé à Paul. Et pas du tout à Raoul Nungesser. En admettant qu'il ait été chez lui, je n'aurais pas eu la force de me traîner jusque dans le dix-neuvième, où il habitait. J'ai repensé à Paul mais je n'ai rien fait d'une telle pensée. On était lundi, donc, Diane selon toute apparence me quittait, selon toute apparence aussi je m'en accommodais mieux que prévu, et contre toute apparence, pour l'instant, j'avais fait disparaître un corps. Et je me suis dit soudain qu'en fait de disparition j'aurais pu tout aussi bien, quitte à être accusé de quelque chose, l'être de celle de Diane. Et que donc.

Non, rien. Ça me semblait encore prématuré. Je n'étais pas contre qu'un peu de temps passât, avant. Je devais d'abord m'organiser pour durer dans l'état où je me trouvais.

Pas facile. Ma couleur mentale prenait beaucoup de place. Il en restait peu pour l'action, à tout le moins pour la distraction. J'ai de nouveau exclu le cinéma. Quant à la marche, elle m'eût paru répétitive. M'attabler à une terrasse présentait l'avantage de laisser voir venir. Je l'ai fait. Rien ne s'est profilé, à l'exclusion des passants. Je leur ai prêté à tous une vie normale. Les hommes m'ont paru loin de moi, les femmes des étrangères. Je les regardais, avant, exceptionnellement elles me rappelaient la mienne. J'en avais apostrophé une, une fois, de dos, en croyant que c'était elle. Maintenant, je les trouvais essentiellement nombreuses. Tout un pan de la population dont, soudain, j'interrogeais la fonction. Les hommes avaient beau être loin, je me comparais à eux. Elles, elles surgissaient d'une sorte de hors-champ, emplissaient absurdement un espace où je ne les intégrais pas.

Elles étaient floues. Les hommes, eux, se dessinaient durement, le regard droit, les mains dans leurs poches comme si, distraitement, ils y avaient palpé leur destin. Je n'en avais pas, je m'étais perdu. J'ai failli me lever, j'ai tout de suite su que ça ne changerait rien. Je suis resté sur ma chaise. J'ai recommandé un café. À l'extérieur de moi, c'était toujours neutre. Les gens me quittaient. À l'intérieur, c'était pire. Je n'étais pas horrifié. Je m'ennuyais. Le comble du criminel, ai-je pensé. Mais non. Je n'avais pas commis de crime. Juste enterré un type que je n'avais pas tué. Que Diane n'avait sans doute pas tué. Et d'ailleurs. Il était tombé, de toute façon. Enterrer un type qui est tombé, me suis-je dit. J'ai essayé de penser à ma conférence du lendemain. Ça, ça allait, il ne s'agissait pas de moi. Ni du présent. M'abîmer dans l'étude, me suis-je dit. Privilégier ce qui a eu lieu avant. Avant moi, avant nous deux, avant nous tous. Bibliothèque, me suis-je dit. Non, librairie, c'est plus près. J'y suis allé. J'ai feuilleté des manuels, des monographies, des ouvrages thématiques. J'ai quand même fait passer un peu de temps. J'ai déjeuné, j'avais tout l'après-midi à parcourir encore, l'avantage à cet égard étant que Diane ne m'appelait toujours pas et que, malgré moi, j'attendais son appel. Ça rythmait. Ça me permettait aussi de constater que je ne l'appelais pas non plus.

Le soir, c'était encore un autre monde. Quelque chose avait évolué. J'ai mal dormi parce que tout est revenu, dans le désordre : dépit, chagrin, hantise, indifférence. Le lendemain, mardi, il y a eu le train, Lyon, la conférence. Avec cette certitude, de toute façon, que j'allais rentrer. Je suis rentré. À Lyon, ça s'était bien passé. Parler m'avait fait du bien. Chez moi, à mon retour, tout était silencieux. Avant de m'endormir, j'ai décidé d'aller le lendemain matin à la gendarmerie.

L'idée, après avoir fait le nécessaire pour Diane, c'était de me couvrir. J'avais repensé à cette histoire de double disparition. Extérieurement, aucune différence : deux personnes s'absentent. Et sans doute la mort de l'un, aggravée de son gommage par mes soins, avait-elle accentué en moi, les heures passant, la conscience d'une analogie objective, au regard de la loi, avec le départ de l'autre, lesté de son silence. Et, me suis-je dit, des deux disparitions, il n'y a que celle de Diane dont je suis censé avoir nécessairement connaissance. Or, en signalant celle-ci, j'aurais peut-être encore moins l'air d'occulter celle-là.

J'étais conscient, au demeurant, que je ne prêtais nullement le flanc, pour l'instant, à une telle suspicion. Mais, si mon raisonnement se discutait, l'inquiétude qui le fondait, elle, persistait à me le faire tenir. J'ai repensé à Paul, que j'avais amené à frôler la vérité en lui ouvrant ma porte, et je me suis demandé si je ne procédais pas de même en me dirigeant vers la gendarmerie. Peut-être. Quoiqu'il me semblât plutôt, ici, recourir à une franche tricherie.

À l'accueil, mais est-ce bien comme ça que ça s'appelle, une jeune femme au regard exagérément dur, qui ne m'était sans doute destiné que par réflexe (peut-être venait-elle de prendre son poste, et se reconvertissait-elle hâtivement de l'interpellation à la réception de plaintes), m'a demandé ce que je voulais, à quoi j'ai répondu que je n'avais pas de nouvelles de ma femme depuis quatre jours. Attendez, a-t-elle dit, vous venez nous voir parce que votre femme vous laisse sans nouvelles ? Oui, ai-je dit, ce n'est pas son genre. Mais vous vous êtes quittés comment, il y a quatre jours ? m'a demandé la jeune gendarme. Pas trop bien, ai-je dit, ma femme, enfin, ma compagne, plus précisément, a fait un sac et elle est partie, mais je ne sais pas où. Ah, a dit mon interlocutrice, qui a simulé une gravité accrue, sans doute aux fins de s'empêcher de répondre par sa physionomie à ce que mes explications suscitaient secrètement en elle de compassion mêlée de moquerie, puis elle m'a demandé si ma compagne suivait un traitement. Je me tenais debout devant elle, donc, qui se tenait assise derrière son comptoir, et j'ai compris que, si je voulais m'asseoir, je devais m'arranger pour être reçu par un autre membre du personnel. En attendant, notre conversation s'est poursuivie sur ce mode d'inégalité et d'inconfort. J'ai dit non, je ne voyais pas bien où elle voulait en venir. Pourquoi ? ai-je dit. Parce que si elle est partie malade, et qu'elle est en danger, m'a répondu la jeune gendarme (je ne sais pas si dans les gendarmeries, à l'accueil, on met parfois en place des femmes d'âge mûr), eh bien nous pouvons, de notre côté, démarrer une enquête. Pas de tempérament suicidaire ? a-t-elle enchaîné, et un autre gendarme, la soixantaine environ, lui, s'est approché de nous, surgi de la profondeur des bureaux, qui s'est penché sur le comptoir et y a déplacé des papiers. Qu'est-ce que tu cherches, Henri ? lui a demandé la jeune femme. Un numéro de téléphone, a répondu Henri, un numéro de téléphone que j'ai noté tout à l'heure sur une feuille de ton bloc et qui est celui de ma belle-sœur, qui en a changé. Monsieur, a-t-il dit à mon adresse. Monsieur, ai-je dit. Vous voulez quoi ? m'a demandé Henri. Je m'en occupe, a dit la jeune femme. OK, a dit Henri, un homme dont j'ai pris le temps de constater que le regard était pénétrant, et qui a continué à explorer le comptoir (d'où j'étais, je ne voyais pas ses mains, qui devaient s'affairer en excédant mon interlocutrice, laquelle semblait à tout le moins déstabilisée dans son interrogatoire. Je n'avais toujours pas répondu, du reste, à sa dernière question). Non, pas à ma connaissance, ai-je dit, tout en m'apercevant que, une à une, j'étais en train d'éliminer les raisons pour lesquelles on aurait pu s'intéresser à mon cas, mais je ne m'étais pas préparé à ces questions, auxquelles je répondais au coup par coup. Si Henri, de l'autre côté du comptoir, avait cessé de s'activer, il restait là, en retrait derrière sa collègue, comme si, ayant surpris une conversation, il en eût apprécié le sujet au point d'hésiter à s'éclipser. Il n'intervenait plus, toutefois. Dans ce cas, a repris la jeune gendarme, si votre amie vous laisse simplement sans nouvelles, et qu'elle n'est pas en danger, nous ne sommes pas en mesure de la rechercher. Comment ça ? ai-je dit. Vous n'avez aucune preuve qu'elle est en danger, a insisté la jeune femme, et elle est majeure, je suppose. En tant que telle, elle a le droit de disparaître. Mais, même si je n'en ai pas de preuves, elle est peut-être en danger, ai-je dit, et je n'ai pas pris le temps de m'attarder sur l'écho que ma remarque éveillait en moi, je quêtais déjà un soutien dans le regard d'Henri, que j'ai rencontré. Écoutez, a dit la jeune femme, nous avons besoin de preuves, et vous n'en avez pas à nous fournir. Vous habitez où ? est soudain intervenu Henri. La jeune femme s'est retournée vers son collègue. À Banville, ai-je dit. On peut noter son adresse, a dit Henri, prendre son téléphone. Et on en fera quoi ? a dit la jeune femme. Rien pour l'instant, a dit Henri. On peut le noter comme ça. Monsieur nous aura laissé une trace.

J'ai donné mon adresse et mon téléphone. Pas à elle, à Henri. La jeune gendarme n'avait rien sorti pour noter, ce que j'avais eu avec elle, ç'avait été un entretien. Avec Henri, c'était différent. Henri avait fait jaillir de derrière le comptoir une feuille de bloc pas tout à fait vierge, qui devait porter mention du nouveau numéro de téléphone de sa belle-sœur, qu'il venait de retrouver à l'instant où il avait proposé que je lui laisse le mien. Il l'y a inscrit, avec mon adresse, sous ma dictée légèrement hésitante, maintenant, cependant que mon regard allait de l'un à l'autre gendarme, l'une peu aimable, me semblait-il, et l'autre peut-être un peu exagérément. Son regard à lui, toujours pénétrant, allait du mien à la feuille de papier, et notamment il a opéré ce va-et-vient entre le moment où je lui ai donné mon téléphone et celui où je lui ai livré mon adresse, un coup d'œil par information, donc, comme pour en jauger la pertinence. Sa collègue faisait aller sa tête d'un côté et de l'autre, avec une lenteur étudiée et critique. Henri, sans se soucier d'elle, a empoché la feuille et contourné le comptoir, devant quoi il m'a rejoint en m'informant qu'il me raccompagnait à ma voiture. J'ai cherché le regard de la jeune femme, cette fois, mais elle avait décroché son téléphone et répondait à un appel. J'ai remercié Henri et lui ai dit que ce n'était pas la peine. Si, a-t-il dit en me prenant le coude et en me guidant vers la sortie, nous ne représentons pas seulement la loi, nous aidons, aussi, qu'est-ce que vous croyez ? Rien, ai-je dit, c'est très gentil, et j'ai attendu le moment où il me lâcherait le coude, je n'ai pas osé me dégager. Il l'a lâché. J'ai pensé aux menottes, pas à celles qu'on met aux délinquants, à celles qu'on leur retire parce qu'il est désormais inutile pour eux d'envisager de s'enfuir. Je n'ai rien tenté de tel. Quand nous sommes arrivés en vue de ma voiture, qui se présentait par l'avant, Henri m'a signalé qu'une lettre s'était tordue sur ma plaque d'immatriculation. On ne pouvait plus la lire, je devrais faire remplacer ma plaque. J'ai dit bien sûr et, comme Henri faisait le tour du véhicule d'un air non pas soupçonneux mais protecteur, j'ai pensé très fort au coffre, qui était évidemment vide, mais l'idée m'est soudain venue qu'aux yeux d'Henri il pouvait ne pas l'être, bien que l'atmosphère de confiance qu'il s'efforçait visiblement d'installer ne lui permît pas, a priori, de me demander sans me heurter de l'ouvrir. Excusez-moi, ai-je dit, et, au moment où Henri atteignait l'arrière du véhicule, j'ai pris sur moi d'ouvrir le coffre. J'en ai sorti une paire de baskets – qui voisinait avec une raquette de tennis dans son étui, inemployée depuis des lustres –, et, quand j'ai jugé qu'il avait pu en voir suffisamment l'intérieur, j'ai entrepris de me déchausser et d'enfiler les baskets, en prenant appui sur la carrosserie. J'ai mal dans mes chaussures, ai-je dit, il n'y a que ces baskets que je supporte. Vous n'avez pas beaucoup marché pour arriver jusqu'à nous, a observé Henri. C'est vrai, ai-je dit, mais mes chaussures me font mal. Je suis désolé, a dit Henri. Pour votre compagne. Merci, ai-je dit. Elle va peut-être finir par revenir, ou par vous appeler, a-t-il repris. J'ai dit oui, peut-être, mais je trouve curieux que vous n'entamiez pas de recherches. Je suis d'accord, mais la loi est ainsi faite, a acquiescé Henri, dont le regard se situait maintenant au-delà de l'interprétation, dans une zone où je n'accédais pas, en tout cas, fixé qu'il était sur quelque chose comme mon front, voire au-dessus de ma tête, sur un point du ciel derrière moi dont il était probable qu'il était du même bleu que la portion, vierge de nuages, qui meublait face à moi, au-dessus du bâtiment, l'entièreté de mon champ visuel (un ciel parfaitement enveloppant et singulièrement vaste, sur lequel pour ma part je ne me suis pas attardé). En tout cas, a conclu Henri, je vous souhaite bon courage, et il m'a serré la main. J'ai eu la sensation, où le soulagement le disputait à l'angoisse, qu'il me libérait.

Il a tourné les talons, je me suis installé au volant et, quand j'ai mis le contact, j'ai repensé au coffre dont je me suis dit que, lorsque je l'avais ouvert, il n'était pas absolument certain qu'il n'eût pas dégagé une légère odeur de cadavre. Incapable que j'étais d'en juger, je pouvais tout supposer. J'ai pensé, comme on dit, que je commençais à commettre des erreurs, et je me suis concentré sur ma conduite.

Chez moi, j'ai remis mes chaussures et j'ai avisé les débris de la balustrade. Je les ai ramassés puis insérés dans le tas de bois sous l'auvent de la dépendance. Après quoi j'ai consulté le répertoire où j'avais noté, en son temps, des coordonnées d'artisans. À Menuisier, j'avais trois numéros de téléphone. J'ai appelé les trois du téléphone fixe et j'ai laissé des messages. Et, comme j'avais le combiné en main, il m'est revenu en tête que, sur ce téléphone fixe, on nous laissait parfois aussi des messages. Des voisins, essentiellement, qui nous signalaient que l'une de nos voitures était mal garée et gênait le passage du tracteur, ou qu'on avait laissé le plafonnier allumé. Il n'y avait pas de message de Diane, naturellement. Il y en avait deux de sa sœur. Dans le second, elle s'étonnait que Diane ne fût pas joignable sur son portable et s'en inquiétait. J'ai hésité. J'ai pensé à l'appeler. Je l'ai appelée. Là encore, j'agissais de façon préventive. Elle a décroché. J'ai dit c'est Simon, elle a dit je sais, qu'est-ce qui se passe ? J'essaie d'avoir Diane depuis deux jours et elle ne répond pas (sa voix nasillait, avec une certaine affectation). Diane a eu envie de prendre l'air, ai-je dit. Comment ça ? a demandé sa sœur (qui n'a aucun accent, elle). Eh bien, ai-je dit, elle est partie il y a quelques jours, elle ne t'a pas appelée, donc ? Non, a dit sa sœur, que je n'avais pas vue depuis six mois et qui a enchaîné en me demandant si Diane m'avait quitté. Je connaissais son côté direct. J'ai dit que je ne savais pas. Tu ne peux pas être plus précis ? m'a-t-elle demandé. J'ai dit non, je ne peux pas être plus précis. Diane ne s'est pas beaucoup exprimée. Ce n'est pas son genre, a dit sa sœur. Je sais, ai-je dit. Justement. Justement quoi ? a dit sa sœur. Justement, je me pose des questions, ai-je dit. Moi aussi, a dit sa sœur. Et tu comptes faire quoi ? J'ai signalé sa disparition à la gendarmerie, ai-je dit. C'est ce que je comptais faire, a dit sa sœur. C'est fait, ai-je dit. Il y a eu un silence, que je n'ai pas laissé se prolonger. La gendarmerie s'en fout, ai-je dit. Les adultes ont le droit de disparaître. C'est la loi. Si tu as des nouvelles, appelle-moi sur mon portable plutôt que sur le fixe. Si j'en ai, c'est moi qui t'appelle. Il faut que je te laisse. À très bientôt, j'espère. J'ai raccroché. Je n'attendais rien d'elle, qui vivait seule, coupée de tout et de tous, à l'exception de Diane. Il nous arrivait de la plaindre, Diane et moi.

Comme je tenais encore le téléphone en main et que j'en étais à prendre, quoique tardivement, les devants, maintenant, parce que je commençais à voir le silence de Diane comme eût dut le faire une police responsable, soupçonneuse, j'ai appelé l'hôpital. J'avais besoin qu'on me parle. Même l'hôpital. J'ai demandé le docteur Eckart. On m'a répondu que le docteur Eckart n'était pas disponible. J'ai dit comment ça ? On m'a demandé si j'avais rendez-vous. J'ai bêtement répondu oui. On m'a demandé quand, et qui j'étais. J'ai dit bon, ça va, écoutez, je suis le mari du docteur Eckart. Enfin, la personne qui vit avec elle. Je n'ai pas de nouvelles depuis plusieurs jours. Attendez, m'a-t-on dit. J'ai attendu. Allô ? ai-je entendu (ce n'était pas la même voix). Vous êtes le mari du docteur Eckart ? Oui, ai-je dit, enfin, la personne avec qui elle vit. Docteur Fabre, a déclaré la nouvelle voix. Et elle ne vous a rien dit, pour sa mère ? Non, ai-je dit (j'ai pensé avec retard que j'aurais pu répondre si, mais alors il aurait fallu que je brode, et je n'étais pas en état). Elle est partie à Londres, m'a informé le docteur Fabre, pour se rendre à son chevet. Ah, d'accord, ai-je dit, comme s'il s'agissait d'un détail, et qu'il eût été normal que Diane ne m'en eût pas informé, quoi qu'il en soit je répondais à côté, j'étais d'abord déstabilisé parce que la mère de Diane était morte cinq ans plus tôt, j'avais assisté à l'enterrement. Merci, ai-je ajouté très vite, avant de raccrocher un peu moins vite. S'est installé un nouveau silence. Un silence neuf, j'entends. La maison l'amplifiait. Le mort, aussi, le silence de la mort. Et l'absence. Diane me manquait. Celle que j'avais connue, du moins. Pas celle que j'avais laissée partir. Mais celle qui était partie m'inquiétait. J'avais peur pour elle. Pour l'ancienne Diane, en fait. Celle que la nouvelle pouvait mettre en danger. C'était compliqué. Et rude. J'ai tenté de trier tout ça. L'inquiétude, le manque. Et le mort.

J'étais presque content qu'on sonne au portail. C'était Paul. Je passais, a-t-il dit. Entre, ai-je dit. Son DVD était encore sur la table du salon. Non, je ne l'avais pas regardé. Et Diane ? a-t-il dit. Diane non plus, ai-je dit. Mais qu'est-ce que tu fais là chez moi un mercredi à onze heures ? Tu ne travailles pas ? (Paul exerçait un métier obscur, à base de conseil, auprès d'entreprises qui m'étaient à peu près aussi obscures.) J'ai pris quelques jours, a dit Paul. Ah oui ? ai-je dit. Je ne vais pas très bien, a dit Paul et il s'est assis lourdement dans le canapé. Tu me servirais un Martini ?

Je m'en suis servi un à moi aussi. La seule chose qui me soulageait, dans son attitude, c'est qu'il ne semblait pas disposé à me demander de voir mes nouvelles plantations. Il m'a demandé, mais heureusement, selon toute apparence, c'était pour donner le change, quand j'envisageais de faire réparer ma balustrade. Il était clair qu'il s'en fichait complètement. J'ai dit que j'avais appelé des menuisiers. Il ne m'a pas relancé, ne m'a pas dit qu'il en connaissait un, lui, or forcément il en connaissait un. Il a acquiescé en buvant une gorgée de Martini. Je l'ai imité, en trempant mes lèvres. Pour l'instant, je préférais garder toute ma tête. Alors ? ai-je dit. Qu'est-ce qui ne va pas ?

Maud, a-t-il dit.

Sa femme, donc. Séduisante, légèrement autoritaire, qu'on imaginait plutôt taciturne et qui ne l'était pas. Les mots lui sortaient de la bouche comme par surprise. Puis ils s'ordonnaient en phrases longues, organisées, qui s'achevaient de façon conclusive. Il n'était pas aisé de la relancer. Je l'aimais bien, je m'intéressais à ses assertions. Je n'avais pas d'idées arrêtées.

En attendant, il s'était fait un silence.

Eh bien ? ai-je dit.

J'étais disposé à me pencher sur les problèmes dont Paul allait m'entretenir. Ou à faire semblant. Tout plutôt que sa curiosité.

Depuis quelques jours, on fait l'amour anormalement, a déclaré Paul.

Comment ça ? ai-je dit.

Trop, a dit Paul.

Le mieux que j'avais à faire, c'était de me concentrer.

C'est violent, a dit Paul. C'est beaucoup plus violent qu'avant.

J'ai répété à voix haute le mot violent, avec un point d'interrogation sur la finale, et j'ai retrempé mes lèvres.

Exactement comme au début, a dit Paul. Tu sais comment on s'est rencontrés.

Oui, ai-je dit. Violemment.

Voilà, a dit Paul. Sauf que je ne la connaissais pas. Tu imagines qu'aujourd'hui c'est sensiblement différent.

Je ne sais pas, ai-je dit.

Ne fais pas l'idiot, a dit Paul.

Je ne fais pas l'idiot, ai-je dit.

C'est sauvage, tu comprends ? a-t-il soudain explosé. J'ai l'impression de faire l'amour à une inconnue ! C'est insupportable ! Et après, on fume.

Il avait vidé son verre. Levait les yeux vers moi (il ne me regardait pas, jusque-là, comme il arrive dans les conversations où les gens se focalisent sur les mots).

J'ai attendu. À la fois, j'étais pressé qu'il s'en aille et j'avais devant moi quelque chose comme l'éternité. J'attendais dans le vide.

Ce que j'ai pensé, a repris Paul, c'est que vous auriez pu venir dîner à la maison un de ces prochains soirs, tous les deux.

Je ne vois pas le rapport, ai-je dit.

Je voudrais que Maud vous voie. En ce moment, je veux dire.

En ce moment ?

En ce moment pour elle. Enfin, pour nous.

Je ne sais pas si je te suis bien, ai-je dit.

Ça va, vous ? a demandé Paul, qui rebuvait.

Oui, ai-je dit. Ce n'est pas le problème.

Vous pouvez venir dîner quand même.

Oui, ai-je dit. Il faut que je regarde quand. On a des trucs, dans les jours qui viennent. Et des trucs aussi chacun de son côté. Il faut que j'en parle à Diane.

Appelle-moi, au moins, a dit Paul. Je dois y aller.

Il s'est levé, a laissé son verre. Je l'ai raccompagné jusqu'au portail, où il m'a donné une sorte d'accolade. J'ai fait ce que j'ai pu pour la lui rendre.

Je me suis fait un déjeuner. Puisqu'ils ne m'avaient évidemment pas rappelé – ils ne rappellent jamais –, j'ai rappelé les artisans. J'en ai eu un. J'ai obtenu un rendez-vous pour le surlendemain. Jusque-là, je n'avais aucune obligation. Pas de conférence en perspective, rien que l'été qui se profilait, sournoisement, avec la moquerie de son commencement de chaleur, sa douceur comme un pied de nez. J'avais le choix entre ne rien faire chez moi et ne rien faire à l'extérieur (lire, comme à l'accoutumée dans mes longues périodes de creux, ne me paraissait guère envisageable). Ne rien faire, donc, qu'attendre des nouvelles de Diane, sans toutefois l'espérer. Je veux dire sans en attendre au sens fort. En même temps, il fallait bien que quelque chose se boucle avec elle. Et puis elle savait. Pas tout, encore, mais bientôt, si. Elle saurait. Elle serait la seule. La mieux placée pour me comprendre. Mal choisie, sans doute, mais c'était comme ça. En attendant, l'unique personne à qui j'aurais pu me confier en dehors d'elle, ça restait Paul, or il en était de moins en moins question. J'ai pensé à Julia, parce que je ne l'avais pas revue depuis quinze ans (je précise que ça passe vite, quinze ans, à l'âge que j'atteignais, mais ça faisait quand même une vraie pause, un tout petit peu plus qu'un oubli de prendre des nouvelles). J'avais gardé ses coordonnées, qui n'avaient peut-être pas changé. Et donc j'ai pensé que je pourrais lui dire tout. Prendre un verre avec elle, nous mentir quant à l'effet du temps sur nos apparences, évoquer le passé, lui raconter que j'avais pensé à elle à cause d'un film, d'un livre, d'une phrase, et que voilà où j'en étais aujourd'hui. Ou même attaquer directement. En admettant, bien sûr, qu'elle n'ait pas dans l'intervalle épousé un inspecteur de police ou quelque chose de ce genre, ou qu'elle ne travaille pas elle-même dans la police, ce que semblait exclure – encore que – sa première profession d'archéologue. Et donc fermer le ban. Lui livrer tout, et qu'elle emporte ce tout. Comme une lettre, en fait. Un mot qu'on laisse. La conscience de Julia comme une boîte.

J'ai repensé aux plantations. Celles dont j'avais parlé à Paul devant ma brouette. Il pouvait me rendre une nouvelle visite dans les jours à venir. En vérité, je craignais un peu tout de sa part à compter de maintenant.

J'ai pris ma voiture et je suis allé à Jardiland. Je dis j'ai pris ma voiture parce que, depuis que je vivais à la campagne, où j'étais tout le temps obligé de la prendre, j'avais tendance à me représenter cette obligation non comme un pléonasme, mais comme une décision. Rouler dans la campagne, également, je me le figurais comme un loisir. À Diane, je montrais un groupe de vaches, commentais l'horizon. Non qu'on ne marchât pas, à l'occasion. On marchait. C'est même à pied qu'on allait marcher, à cette phrase on avait le privilège de pouvoir donner un sens. Je m'aperçois que je parle au passé, naturellement, puisque c'est aujourd'hui que je raconte ce qui a eu lieu, mais que ce passé est double : avant le départ de Diane, après. J'ai donc aujourd'hui deux passés, qui communiquent mal l'un avec l'autre. Pas mieux que je ne suis parvenu à communiquer avec Diane après son départ.

Jardiland. J'ai pris un chariot et je me suis engagé dans les allées. Je n'avais jamais planté que des vivaces. Les annuelles ne repoussent pas, et je n'avais pas envisagé – Diane non plus, du reste – de faire pousser des plantes qui ne repoussent pas. J'ai choisi rapidement des euphorbes, des lupins et des potentilles, que j'ai décidé de planter le long du mur d'enceinte. On en avait eu vaguement le projet, Diane et moi. Je veux dire que l'idée du mur d'enceinte m'est venue à cause de Diane, mais que ce n'est pas à cause d'elle que j'ai choisi le mur d'enceinte. Il fallait bien que je plante ces vivaces quelque part, et je ne voyais pas où j'aurais pu les planter ailleurs. Je ne vais pas décrire notre jardin, mais c'est comme ça, il est fichu de telle façon qu'on ne peut pas planter n'importe où. Quoi qu'il en soit, si Paul repassait, il ne comprendrait pas que j'aie fait mes plantations ailleurs que le long du mur d'enceinte.

Je suis rentré et je me suis mis au travail. D'où j'étais, j'avais vue sur le potager, et j'ai eu un problème quand j'ai commencé à creuser pour enterrer les mottes. Rien que le mot, enterrer, m'a gêné. J'ai délaissé la pelle pour le plantoir, ç'a été juste un peu plus long. Après, on arrose. J'ai arrosé. J'ai regardé l'ensemble du jardin, avec le potager dans le fond, et je me suis dit que je n'y remettrais plus les pieds, dans le jardin, sauf précisément pour arroser les vivaces, dès le lendemain. Tout de même, avant de me réfugier dans la maison, je suis retourné au potager. L'emplacement avait l'air net. Le mort ne repoussait pas, mes tomates ne piquaient pas du nez. J'ai de nouveau ameubli la terre et je suis rentré.

En attendant le menuisier (il ne viendrait que pour un devis), j'ai décidé de m'installer en haut. En haut, pour faire vite, il n'y avait pas que notre chambre. Il y en avait une autre, d'ami, faute d'enfant. J'y ai monté un fauteuil. J'ai décidé aussi de m'acheter un petit réfrigérateur, pour ne pas avoir à descendre dans la cuisine, et donc à traverser le salon pour y accéder. Le réfrigérateur, j'irais l'acheter le lendemain, jeudi. Ce soir, je dînerais en bas. Si je dînais. Savoir si j'aurais faim ou non, c'est ce que je me suis inventé comme problème.

Par chance, j'en ai eu d'autres. J'ai commencé à tousser. Puis à avoir des frissons. J'ai pris du Doliprane. Vers dix-neuf heures, je me traînais. Je suis resté en bas, avec la télé allumée. J'ai trouvé que ça n'était pas si mal, la télé. Entre deux bêtisiers et un documentaire sur les manchots, j'ai zappé, et quand un manchot revenait sur l'écran, je me disais que ça ne pouvait pas continuer comme ça, qu'il fallait que je parle à Diane. Au lieu de l'appeler, je zappais. J'ai regardé une chaîne d'information continue, j'ai vu des gens qui peinaient, souffraient, mouraient et ça ne m'a pas consolé. Je me suis inquiété pour ma fièvre. J'ai pris ma température. Élevée. J'ai avalé deux autres cachets de Doliprane, il n'était pas question d'appeler un médecin, les médecins ne se déplacent pas, ici, et le Samu, pour ce que je croyais en savoir, ne se dérange que pour vous sauver. Je me suis couché. Je ne vais pas raconter mes cauchemars. Il suffira peut-être d'indiquer que, s'ils étaient désagréables, ils l'étaient moins que ma vie dans cette période. Le mort y vivait, au moins. Il avait une profession, des enfants, une femme. Diane, pour lui, c'était une passade. Pour moi, c'était incompréhensible. Pour elle aussi, visiblement. Par dépit, elle le poussait du haut de la mezzanine. J'assistais à ça en témoin, donc, j'étais en bas, dans le salon, et je la regardais faire. Je notais tout sur un petit carnet.

Quand je m'éveillais, je me levais, titubais jusqu'à la salle de bains, buvais dans la paume de ma main, heurtais à cette occasion un flacon de parfum que je rattrapais in extremis. Je voyais la brosse à dents de Diane, son peignoir pendu à une patère. Elle n'avait pas emporté grand-chose. Je pensais à ce qu'elle avait laissé quand je rejoignais dans notre lit la place qu'elle y avait laissée aussi, à ma droite. La fièvre, dans mon sommeil, me faisait évoluer par rotation vers le creux qu'avait imprimé là sa longue présence. La gorge me piquait. Je me relevais. Je n'arrivais pas à m'épuiser. Debout, j'avais la sensation que j'allais m'écrouler, or non, ou plutôt si, mais je me retenais à la poignée de la fenêtre. Je constatais que je n'avais pas fermé les volets. Oublié. Comme j'avais oublié qu'au lieu de dormir dans notre chambre j'aurais pu m'installer dans l'autre. Un réflexe. Peut-être pour éviter de me sentir chassé. Quitté, sans doute, chassé, non. Il n'empêche. J'ai décidé d'émigrer dans l'autre chambre. J'ai emporté l'édredon et je l'ai jeté sur le lit en y entrant. Ici, les volets n'étaient pas non plus fermés, et je suis allé encore à la fenêtre pour m'y tenir debout, les deux mains sur la poignée. Je me suis accroché à cette poignée. Quand je tomberai, me suis-je dit, que mes mains glisseront, je me coucherai. J'avais la nuit devant moi, j'entends la nuit dans la fenêtre, noire, qu'entamait localement la lueur sous-budgétisée de l'éclairage municipal. Un bout du jardin s'y devinait. Ne plus, donc, me disais-je, aller à la fenêtre côté jardin. J'ai pensé que ça ne marcherait pas de m'installer à l'étage, sauf à me tenir éloigné des fenêtres. Ça devenait compliqué. Je me suis recouché, en tirant sur moi l'édredon, avec la pensée, qui ne m'excitait guère, et qui ne m'apaisait pas non plus, mais qui s'insinuait, de déménager.

Ça ressemblait à un abandon de poste. En même temps, me disais-je. Évidemment, si j'avais Diane au téléphone, ce serait différent. Elle me dirait peut-être pourquoi je reste là à attendre.

J'ai dormi. Il y a eu le matin. On était jeudi. Ma fièvre était en partie tombée. J'ai appelé la sœur de Diane. Répondeur. Laissé un message. Le type qui s'inquiète. Je m'inquiétais.

Je me suis lavé, habillé. J'ai choisi mes vêtements. J'ai hésité longtemps entre deux chemises. Comme je n'avais rigoureusement rien à faire, ni à envisager (je ne voulais plus acheter de réfrigérateur, ayant exclu de m'installer à l'étage), j'ai décidé d'aller voir sur Google les agences immobilières. Faire estimer la maison. J'ai appelé. J'en ai eu deux, puis une troisième. Rendez-vous pris pour ce jour même, treize heures, et pour le lendemain, onze heures et seize heures. Les estimations étaient gratuites.

C'était un homme jeune, un peu procédurier. Il était muni d'un télémètre, dont il usait dans chaque pièce où il entrait. Il ne regardait rien, moi non plus. Ce que je voulais, en fait, ce n'était pas une estimation, c'était vendre. Je me suis demandé, si Diane me revenait, dans quelle mesure je pourrais revivre avec elle ici (ailleurs, c'était une autre question). Je me suis donc demandé également si, ayant pris connaissance de ce que j'avais fait du corps, elle pourrait revivre avec moi ici. J'ai supposé que non. Et que par conséquent, qu'elle envisage ou non de revivre avec moi ailleurs, elle serait d'accord pour que je vende (au reste, la maison m'appartenait). Pour une fois, donc, en faisant venir un agent immobilier, j'avais pris une initiative que je ne pourrais pas avoir l'occasion de regretter. Le mort était définitivement mort, et la maison devenait définitivement infréquentable.

L'homme, qui s'exprimait peu, ne s'est pas exprimé du tout quand il a levé les yeux vers la balustrade. Pour la vraisemblance, j'avais pris les devants en formulant une manière d'excuse, j'allais faire réparer, bien sûr, je n'étais pas stupide au point d'envisager de vendre la maison en l'état. L'agent a acquiescé silencieusement. Quand il a eu fait le tour des pièces, il m'a dit qu'il me contacterait pour me communiquer une fourchette. J'ai dit très bien et je l'ai raccompagné au portail.

J'ai senti le vide après son départ. Je n'aime pas particulièrement les agents immobiliers mais celui-là, autant qu'un autre, et malgré son mutisme, était un représentant de la vie normale. Réflexion faite, j'avais un prétexte pour sortir de chez moi : je devais faire des courses. J'ai pris la direction du village où nous avions coutume de nous ravitailler, distant de quatre kilomètres et dont nous appréciions, passé un intéressant pont de pierre, la répartition de trois petits commerces autour d'une place où, chose rare à la campagne, se rencontraient des piétons. Village charmant, boulangère timide, épicière diserte, buraliste chaleureux, rivière traversante. Même le trajet, en partie du moins, donnait matière à enchantement. J'aurais mieux fait de m'abstenir. J'avais besoin de pain et de beurre, au demeurant. Je me suis montré réservé avec l'épicière, peu disert à la boulangerie. L'amabilité des gens me blessait.

Je me suis mis à éternuer, frénétiquement, sur la route du retour. Au passage à niveau – car il y a, pour parfaire l'agrément du parcours, un passage à niveau avec ce qu'il faut, barrière, enjambement montueux au-dessus du ballast, fuite des rails entre les arbres, petite gare à l'ancienne avec son écriteau dégradé, pour éveiller une revigorante nostalgie –, la barrière s'est abaissée. J'ai attendu. J'ai éternué. J'ai pensé que dans cet intervalle j'aurais pu passer, en brisant la barrière, et me trouver sur la voie au moment où le train arriverait, puis le train s'est annoncé, il a tiré son long trait sur le paysage. La barrière s'est relevée, je suis rentré chez moi, j'ai rangé les courses et, quand je me suis retrouvé les mains vides, j'ai crié. J'ai crié plusieurs fois. À cause des voisins, je me suis arrêté avant de n'avoir plus besoin de le faire. J'ai pensé à l'enfant que nous n'avions pas eu, à celui que je n'avais pas, à celui qui, si je l'avais eu, m'aurait aidé ou empêché d'en arriver à espérer de l'aide et, enfin, à celui que j'avais envie d'avoir. Il me manquait. Au lieu d'envisager de me pendre, je lui aurais fait faire le tour du jardin.

Mes cris m'avaient de nouveau irrité la gorge. Et mes éternuements reprenaient. Je pouvais difficilement m'exprimer mais j'ai appelé Diane. Sur le répondeur, j'ai dit qu'elle pouvait me rappeler.

La journée avait bien avancé, mais ce n'était pas fini. Il y avait encore la fin d'après-midi et le soir avant de considérer que la nuit, différemment, pouvait se présenter comme un obstacle. La solution de la télé m'a paru discutable. Encore une fois, la toux m'a aidé. J'étais peut-être en train de rechuter. La fièvre, qui revenait aussi, a dissipé légèrement la toux. Je toussais moins, donc, je frissonnais davantage. Couvertures. J'ai espéré que Paul ne repasse pas, il n'est pas repassé. J'ai pensé que tout à l'heure, quand j'étais allé faire des courses, j'aurais aussi bien pu consulter le médecin du village. Maintenant, je n'en avais plus la force. Je me suis endormi. Quand je me suis éveillé, d'un cauchemar où s'étaient mis en place les mêmes éléments que la veille, mais dans un désordre tel que le mort en arrivait à renaître et à repartir au bras de Diane, j'ai eu à faire face à ce que faute de mieux j'appellerai de la lucidité, une lucidité glaçante, monstrueuse, qui me faisait toucher le cœur de tout, c'est-à-dire l'absurdité de tout, et qu'importaient alors le mort, le mort et moi, le mort et Diane, Diane et moi, et nous tous sur cette terre, qu'importaient ces vies que tous nous tentons de mener, tout ça cédait, risiblement, et je me suis fait couler un bain (j'étais donc parvenu à l'étage, en me tenant ferme à la rampe). Je ne l'ai pas pris. Je craignais de me noyer. J'ai pris une douche. J'ai fermé les volets, cette fois. Et le matin du vendredi, je l'ai guetté comme une lumière, pas seulement celle du jour, encore qu'à travers les volets j'aie constaté vers cinq heures qu'elle commençait à sourdre. Je l'ai guetté aussi comme une lueur au bout d'un chemin, comme une ouverture éloignée dans l'espace et que j'aurais atteinte à la force de mes jambes. Dans les deux cas, quand ç'a été le matin, je n'en ai retiré aucune satisfaction. De ce genre de déception, quoique le mot fût faible, je commençais à prendre l'habitude. La journée recommençait. Une journée, en fait, n'importe quelle journée recommençait. Je repartais de zéro. De nouveau, j'avais moins de fièvre. La force de me lever, mais pas le courage. L'intérêt d'être vendredi, une considérable avancée objective par rapport à jeudi, me paraissait douteux. D'autant qu'au-delà se profilait le week-end. Et au-delà encore, la vie. La mienne, en tout cas. J'aurais tout donné pour n'être pas moi. Mais je n'avais pas d'autre idée.

Je me suis levé. J'avais trois rendez-vous. Avec le deuxième agent immobilier, à onze heures, avec le menuisier à quatorze heures. Avec le troisième agent immobilier, à seize heures. Une journée chargée.

Le deuxième agent immobilier est arrivé vite. Très au courant du marché. C'était une femme sans télémètre. D'un certain âge. Expérience, jugement sûr. Les prix avaient chuté. Beau produit, au demeurant. Merci. C'est le jardin, surtout. C'est vrai, ai-je dit, le jardin. J'étais intéressé par sa réaction face au trou dans la balustrade. Je m'intéressais aux réactions de l'ensemble de la profession face au trou dans la balustrade. La sienne s'est révélée touchante. Qu'est-ce qui s'est passé ?

Oh, ai-je dit. Je lui ai raconté ma quasi-chute. Elle a compati. J'ai compris qu'elle me donnerait une estimation correcte. Elle me l'a d'ailleurs donnée. Je l'ai remerciée. Vous êtes malade ? a-t-elle dit. J'ai dit ce n'est rien, c'est comme ça chaque hiver. On est en été, a-t-elle dit. J'ai eu l'impression de m'être coupé. Je me comprends, ai-je dit. Vous vous soignez ? Évidemment, ai-je dit. N'hésitez pas à m'appeler, a-t-elle dit. Si vous vous décidez. Je vais vous rappeler, ai-je dit, j'attends simplement des nouvelles de ma mutation.

J'ai déjeuné avant le menuiser. C'était un homme fort, au visage jovial, aux yeux rieurs. Quelque chose, profondément, l'amusait dans la vie. Philosophe, peut-être. Ou le contraire. Il avait visiblement trouvé un angle. De ses mains rouges, impressionnantes, il a pris des mesures. C'était mystérieux pour moi. Je ne lui ai pas demandé à partir d'où il entendait reprendre la balustrade. Il se souciait d'homogénéité. C'est le mot qu'il a employé. Pas certain qu'on pût obtenir exactement la même couleur pour la partie rapportée. Il fallait compter environ trois semaines. Je l'avais accueilli en lui parlant du temps, qui le réjouissait. Impeccable pour travailler dehors. Après les mesures, je lui ai offert un café. Questions discrètes, de ma part, sur son état civil. Marié, trois enfants, pavillon refait à neuf par ses soins. Il a, après m'en avoir demandé l'autorisation, allumé une cigarette. Il toussait. Nous avons toussé ensemble. Le troisième agent immobilier arrivait dans une demi-heure, le menuisier s'est attardé. J'aurais préféré une transition, un sas, ça n'a pas marché. Comme il partait, l'agent immobilier a sonné au portail. Ils se sont croisés. J'avais l'impression de renouer avec une vie sociale, en tout cas d'être vaguement débordé, ce qui m'évitait de penser au moment où l'agent immobilier me quitterait et où je me retrouverais seul. C'est donc moi qui l'ai retenu. À propos de la balustrade, j'ai trouvé de quoi l'orienter vers les accidents domestiques. Au reste, cet agent immobilier-là s'est révélé peu ouvert, il semblait stoïque et répondait par monosyllabes. Il tenait à la main son télémètre, dont il ne se servait pas. Je le lui ai fait observer. Seulement en fin de visite, a-t-il dit. Je ne veux pas agresser les clients avec ça. On arrivait à la fin de la visite. Il a utilisé son télémètre. Il me communiquerait son estimation.

En partant, il m'a serré la main avec componction, comme si l'un de nous deux, impossible de savoir lequel, avait perdu quelqu'un. Il était seize heures trente, on était vendredi, il aurait pu être n'importe quelle heure, on aurait pu être n'importe quel jour. À cette nuance près que le lendemain commençait le week-end. J'avais déjà fait des courses la veille. J'ai repris du Doliprane. J'ai continué à me traîner. Pas longtemps. Je me suis allongé en bas, sur le canapé, en essayant de dormir. Je l'avais déjà éprouvé dans les jours précédents, mais l'ennui est revenu. Je ne sais pas si je l'ai déjà dit, toujours est-il que je l'ai vécu comme une distraction. Ensuite, ç'a été moins bien. Mes pensées ont repris leur cours, déformées par la fièvre.

Je me suis dit qu'il fallait que je me soigne, c'est devenu un objectif. J'ai pris rendez-vous avec mon médecin (car j'avais un médecin). Lundi, seulement. En attendant, je pouvais attendre ça, donc. Je passe sur la soirée, puis sur la nuit, qui ne passait pas. Je n'ai plus eu envie de crier. J'étais fatigué. Diane m'aurait appelé que je ne sais pas ce que j'aurais fait. Je n'ai pas touché à mon téléphone. Le lendemain, samedi, je me suis endormi tard. À onze heures, on a sonné au portail. C'était Henri, le gendarme.

Henri, donc. En civil. J'étais en robe de chambre. On constatera que, alors que j'avais la possibilité de ne pas le faire, j'étais allé ouvrir. Ça pouvait être la factrice. Non que j'eusse attendu un recommandé. Je veux dire que ça pouvait être quelqu'un. Je commençais à ressentir le besoin d'avoir de la compagnie. Plutôt pas Paul, évidemment. Mais n'importe qui d'autre, ça m'allait. Plutôt pas Henri, évidemment. Mais, alors que j'avais eu tendance à m'isoler, après que les circonstances m'avaient amené à l'être de toute façon, isolé, je constatais que je ne me suffisais plus, que mon état d'égarement et d'inquiétude ne suffisait plus à me combler, et que, quitte à vivre avec la pensée de Diane au loin et celle du mort tout proche, situation dont la permanence me semblait pour l'instant à toute épreuve, j'aurais aussi bien pu inviter des gens à dîner.

Mais peut-être pas Henri. Il n'était pas seulement en civil, il était en jogging. Il soufflait, ou finissait de souffler. Je ne l'ai reconnu qu'après un quart de seconde. Ah, ai-je dit. Bonjour. Je n'aurais peut-être pas dû dire Ah. C'est une interjection qui m'est venue parce que je le reconnaissais avec ce léger retard, donc, mais dans le fond elle pouvait aussi bien, à ses yeux, signifier que je l'attendais ou que je m'attendais à ce qu'il vienne. J'aurais préféré qu'il pense que je ne m'y attendais pas. Je n'ai pas su, en définitive, ce qu'il pensait. Il avait l'air affable, en tout cas. Je courais, a-t-il dit. Je ne vous ai pas dit que j'habite à quatre kilomètres. Non, ai-je dit, je ne crois pas. Enfin, bref, a-t-il dit, je passais, j'ai sonné.

Je lui ai répondu qu'il avait bien fait. Je me suis arrangé pour qu'il comprenne que je n'étais pas forcément dupe, que je ne gobais pas forcément qu'il passait là par hasard. Je me suis débrouillé également pour qu'il ne le comprenne pas. Tout ça, bien sûr, avec un jeu de physionomie économe, ou un regard, je ne sais trop, d'où il pouvait inférer ce qui l'arrangeait. En robe de chambre, aussi, laquelle constituait un costume de scène plutôt adapté pour cette comédie. Je me suis d'ailleurs excusé pour ma tenue, je m'étais couché très tard. Entrez, ai-je dit (je n'allais pas lui dire de repartir). Est-ce que je peux vous offrir quelque chose ?

Je ne veux pas vous déranger, a-t-il dit. Tout s'enchaînait de façon parfaitement unie, fatale, la gendarmerie entrait chez moi comme chez elle, avec ce qui pouvait passer de ma part pour un assentiment et qui, aux yeux d'Henri, évidemment, pouvait aussi bien ressembler à une soumission suspecte. Cela dit, je ne voyais pas bien ce que je pouvais faire d'autre. Il ne me dérangeait pas, donc. Il prendrait un café, c'est ce qu'il a répondu. Je lui ai ouvert la porte d'entrée. On a débouché droit dans le salon et donc face à la balustrade, et, comme il était prévisible, du moins dans un premier temps, Henri n'a fait aucune remarque. Je l'ai invité à s'asseoir dans le canapé pendant que j'allais préparer le café. J'ai pris la direction de la cuisine, où je me suis affairé, sans avoir la possibilité de savoir ce qu'il fabriquait, de son côté, ce qu'il inspectait, et je suis donc revenu le plus vite possible, inutilement, bien sûr, inutilement vite, s'entend, mais on ne se refait pas, on croit que les gens en notre absence échappent à notre contrôle et que c'est l'inverse quand nous sommes là alors que c'est quand nous sommes là qu'ils font absolument ce qu'ils veulent, n'importe quelle pensée les traverse et nous sommes là, précisément, dans l'impossibilité de la lire. Toujours est-il que, lorsque je suis revenu dans le salon, le plateau à la main, Henri avait changé de position. Il se tenait debout devant la commode, un meuble que Diane avait trouvé dans une brocante et qu'elle avait poncé, puis repeint, et qui ne présentait d'intérêt que de soutenir une grosse lampe à abat-jour. Henri, dos tourné à moi, en caressait le rebord comme s'il s'était agi d'un bois précieux ou qu'il eût voulu vérifier la qualité du ponçage. Il a fait volte-face et, alors que je déposais le plateau sur la table basse et que j'emplissais nos tasses, il est revenu s'asseoir, a bu une gorgée et m'a demandé si j'avais des nouvelles. J'ai dit non, aucune. Sa sœur non plus n'en a pas. Et elle ne répond toujours pas au téléphone. J'ai laissé un message.

J'étais bien obligé de parler de sa sœur, et du fait que je l'avais appelée. Du point de vue d'Henri, s'il existait une sœur, c'était même probablement obligatoire.

Un seul message? a-t-il dit.

J'ai dit non, plusieurs. Je ne sais plus.

J'avais l'air déboussolé. Je l'étais. J'en avais vraiment l'air, j'imagine, dans cette robe de chambre, à onze heures du matin, avec les yeux creux.

Et vous vous inquiétez, a dit Henri.

J'ai dit oui, je m'inquiète, mais, alors que j'aurais peut-être dû m'inquiéter pour Diane, comme j'avais commencé à le faire, je m'inquiétais pour moi. Henri m'inquiétait. Je cherchais donc à me tranquilliser, en commençant par le tranquilliser lui, par cet aveu de mon inquiétude.

Vous avez appelé qui d'autre ?

L'hôpital. Elle a pris un congé.

L'hôpital ? a dit Henri. Votre amie travaille dans un hôpital ?

Elle est médecin.

C'est curieux, a observé Henri après un temps de silence. Il y a trois jours, on nous a signalé la disparition d'un autre médecin.

Ah oui ? ai-je dit.

Oui, a dit Henri. Je peux vous reprendre un peu de café ? Il n'est pas mauvais, votre café.

Je vous en prie, ai-je dit.

Je l'ai resservi.

J'ai une cafetière à l'italienne, à la maison, a repris Henri. Vous savez, avec l'eau qui monte.

Oui, ai-je dit. C'est bien aussi.

Un spécialiste du genou, a dit Henri. À la clinique des Trois-Frères, à Longeville. Votre femme travaille où ?

À l'hôpital Saint-Antoine de Longeville. Elle est gastro-entérologue. Et donc, pour lui, vous avez lancé des recherches ?

On manque encore d'indices. Sa femme s'occupe de contacter

ses proches. Ça peut être long. N'hésitez pas à m'appeler si vous avez du nouveau.

C'est gentil, ai-je dit.

En même temps, a-t-il repris, d'après ce que vous avez déclaré, votre amie est partie avec un sac.

Oui, ai-je dit.

Ça nous fait donc un médecin disparu et un médecin qui ne donne pas de nouvelles, a dit Henri. C'est assez différent.

Sans doute, ai-je dit.

Ils ne se connaissent pas ? a demandé Henri.

Je ne sais pas, ai-je dit. Je suppose que non. En tout cas, moi, je ne le connais pas.

Docteur Lévêque, a dit Henri. Christian.

Non, ai-je dit.

Quoi qu'il en soit, a repris Henri, vous ne devriez pas vous inquiéter outre mesure.

Tout de même, ai-je dit.

Oui, a dit Henri. Tout de même. Votre rambarde, a-t-il ajouté en levant les yeux vers l'escalier, vous ne la faites pas réparer ?

Ah, ai-je dit. Si, bien sûr. Ça fait des mois que c'est comme ça. (Mauvais réflexe, ai-je pensé.) J'attends des devis. Vous connaissez les artisans.

Mon frère est menuisier, a déclaré Henri. Je vous laisserai ses coordonnées.

Un gendarme avec un frère menuisier, ai-je songé. Fugitivement, j'ai vu ça comme une coalition. J'ai hésité avant de répondre que, s'il n'était pas trop cher, pourquoi pas. Je l'ai remercié.

C'est dangereux, a dit Henri. Le trou.

Je sais, ai-je dit. Mais nous n'avons pas d'enfants. Nous n'en recevons pas. Enfin, peu.

Ça s'est passé comment ?

La rambarde présentait des points de faiblesse, ai-je expliqué. Je l'ai cassée volontairement. Au moins, le trou se voit.

Vous ne l'avez pas sciée, a observé Henri.

Non. Je n'avais pas de scie sous la main.

C'était la seule vérité qui venait de passer mes lèvres depuis cinq minutes. La vraie vérité est que je n'avais plus de scie. La lame s'était brisée. De toute façon, je l'utilisais peu. Pour les bûches, nous en achetions qui étaient coupées aux dimensions de la cheminée.

C'est votre commode qui est bien, a dit Henri. La couleur.

Merci, ai-je dit, et j'ai regardé la commode.

Et, en regardant la commode, j'ai vu qu'au-dessous j'avais laissé un débris de la balustrade.

Et, si Henri l'avait vu aussi, il devait trouver étrange que, depuis plusieurs mois, le débris n'ait pas été ramassé.

Et, dans ces conditions, Henri devait estimer que j'avais menti concernant la période où j'avais cassé la balustrade.

Toutefois, si Henri n'avait pas aperçu le débris, il était encore temps pour moi de profiter d'un de ses moments d'inattention pour le ramasser et le soustraire à sa vue.

Sauf qu'Henri me semblait plutôt d'un naturel attentif et qu'il ne semblait pas disposé à bouger du canapé.

Il fait quelle taille, votre jardin ? a-t-il dit.

Pardon ?

Votre jardin, a dit Henri. Deux mille ?

À peu près, ai-je dit.

Il est plaisant, a dit Henri. Le mien ne fait même pas la moitié. Et puis vous le voyez de votre salon. Le mien, je dois y aller pour le voir.

On a un peu pris la maison pour ça, ai-je dit. La vue.

Vous m'en feriez faire le tour, rapidement ?

Si vous voulez, ai-je dit.

J'ignore sur quel ton je venais de lui répondre. J'étais toujours en robe de chambre, comme on sait, et je ne suis pas certain qu'Henri se souciât du besoin que j'étais en droit d'éprouver de m'habiller pour sortir, fût-ce dans le jardin. Le fait est qu'il ne m'a pas proposé de m'attendre pendant que je m'habillerais. Je ne lui ai pas demandé non plus. Je l'ai entraîné avec moi en refaisant le nœud de ma ceinture.

Dès qu'il a eu passé la porte-fenêtre, Henri s'est extasié. Vieux arbres, a-t-il dit. Magnifique. J'ai planté des petits pommiers l'année dernière, mais c'est long. L'idée, pour moi, ç'aurait été de vieillir avec ce genre de vieux arbres. En faire pousser à mon âge, c'est triste.

J'étais entièrement d'accord. J'ai imaginé Henri avec ses jeunes pommiers, sans ombre, devant un pavillon à sous-sol total et descente de garage, posé sur un de ces tertres ras où, dans le pire des cas, s'alignent des plates-bandes de pensées et s'érige un portique. Mais je le soupçonnais de ne pas avoir d'enfants. De femme non plus.

J'ai aussi un potager, a-t-il dit. Vous cultivez quoi ?

J'ai hésité à dire des tomates. Derrière ce mot, comme en réalité derrière la chose, s'en cachait un autre.

Seulement des tomates, ai-je dit. Je ne serais pas contre des salades, mais on a eu la flemme.

Je peux voir ? a dit Henri.

Bien sûr, ai-je dit.

On s'est dirigés vers le potager. Je veux dire que, jusqu'au potager, j'ai réussi à mettre un pied devant l'autre.

Henri s'est arrêté devant le carré.

Elles piquent du nez, vos tomates, a-t-il observé. Il faudrait arroser.

J'allais le faire, ai-je dit.

Mais je bavarde, je m'attarde, je vous dérange, a-t-il dit.

Franchement, je ne voyais pas ce que je pouvais répondre.

Pas du tout, ai-je dit.

Je vais vous laisser, a-t-il dit.

J'ai pensé qu'on allait repasser par le salon. J'ai repensé au débris sous la commode, et je me suis dit que de toute façon, même si j'avais eu le loisir de l'enlever, si Henri ne l'avait pas vu, ç'aurait été inutile, et, s'il l'avait vu, ç'aurait été dangereux. Tout va bien, donc, ai-je conclu.

On est retournés au salon, puis j'ai raccompagné Henri dans la cour, côté portail, donc. Ma voiture était là.

L'autre jour, a dit Henri, devant la gendarmerie, j'ai remarqué quelque chose, dans votre coffre.

Ah oui ? ai-je dit.

Bien que j'eusse arrêté de respirer, je me tenais prêt, le cas échéant, à prendre la fuite.

Une raquette de tennis, a dit Henri.

J'ai soufflé, et ce souffle a dû s'entendre dans ma réplique, enfin tout ça s'est mélangé, j'ai dit :

Foui. Je traîne cette raquette depuis des lustres. J'ai abandonné le tennis il y a des années de ça.

Pourquoi ?

Je n'avais plus de partenaire.

Figurez-vous que j'en cherche un, a dit Henri.

J'ai souri. Faiblement.

Qu'est-ce que vous en pensez ? a dit Henri. J'ai un petit niveau, mais je me débrouille. J'ai un bon revers.

Je ne sais pas, ai-je dit. Je voulais plutôt m'acheter un sac de sable. Je ne sais pas.

Le tennis est plus amusant, a dit Henri.

Peut-être, ai-je dit.

Alors ?

Eh bien, ai-je dit.

Vous faites quelque chose, lundi ? Vous êtes en vacances, non ?

Qu'est-ce qui vous fait dire ça ?

Une impression. C'est quoi, votre métier ?

Conférencier.

Et vos conférences portent sur quoi ?

Le Moyen Âge, ai-je dit.

Ça m'intéresse, le Moyen Âge, a dit Henri. Et donc, lundi ?

Non, je ne fais rien, ai-je dit. Mais vous ? Votre travail ?

J'ai pris ma retraite, a dit Henri. Depuis ce matin.

Félicitations, ai-je dit.

Merci, a dit Henri. Alors, quinze heures au tennis club de Grainville ? J'ai les clés du court. J'apporterai les balles.

Je suis très moyen, ai-je dit.

Allons, a dit Henri.

D'accord, ai-je dit.

Et restez confiant, pour votre amie, a dit Henri.

Il m'a tendu la main. M'a regardé dans les yeux. J'ai refermé le portail sur lui. Je l'écoutais partir en petites foulées quand mon téléphone a sonné. C'était un numéro à douze chiffres.

C'est moi, a dit Diane.

Tu es à Londres ? ai-je dit.

Oui.

Je t'écoute.

Il vaudrait mieux que tu viennes.

Tu as tué quelqu'un d'autre ?

Non, a dit Diane. Pas encore.

Très drôle, ai-je dit. Tu sais comment ça se passe pour moi, ici ?

Tu m'expliqueras. Viens.

C'est ce que j'aurais pu lui dire.

Quand ? ai-je dit.

Quand tu veux.

Aujourd'hui ou demain. Donne-moi une adresse.

Je te l'envoie par SMS.

Je t'appelle quand j'arrive.

Je me suis douché, je me suis habillé et j'ai réservé un billet de train pour quinze heures. J'ai pris un petit déjeuner, j'ai arrosé les tomates, j'ai fait un sac et je suis parti. C'est en roulant que j'ai commencé à penser, notamment aux raisons que j'avais de partir. Elles m'ont assailli. Je voulais savoir. Je voulais qu'elle sache. Mais surtout savoir. Comment ça s'était passé, exactement. Pourquoi Londres. Pourquoi son silence. Pourquoi elle m'appelait. Ce qu'elle avait fait à Londres. Ce qu'elle allait y faire. Ce qu'elle avait dans la tête. Ce qu'elle y avait eu. Si elle m'aimait (accessoirement). Si je l'aimais (non). N'empêche que j'y allais. J'avais besoin de la voir. De voir à quoi elle ressemblait maintenant. Au téléphone, je n'avais pas mis de visage sur sa voix. J'aurais aussi bien pu ne pas l'avoir vue depuis des siècles.

À Paris, j'ai laissé la voiture dans un parking. J'ai fait la queue à la gare pour présenter mon passeport et je me suis assis dans le train avec un journal. Il continuait à se passer des choses un peu partout. À la fermeture des portes, j'ai refermé le journal. J'ai eu l'impression, c'est peut-être une lapalissade, mais c'était clair pour moi, que le train m'emportait. Que je me laissais faire. Pas par elle. Par moi. Je m'obéissais. En un sens, je maîtrisais la situation.

Façon de parler. Je maîtrisais mon déclin. J'étais content d'avoir une occupation. Finalement, ai-je pensé, de quoi s'agit-il ? De s'occuper. D'avoir des buts. J'en ai. Un type face à moi écrivait sur un bloc. Une jeune femme un peu plus loin lisait. Une mèche retombait sur la seule moitié de son visage que n'occultait pas le fauteuil devant elle. Un enfant chouinait. Il y a eu le tunnel. Avec ce moment où on n'attend plus d'en sortir. Puis ce moment où on en sort. Le changement de réseau sur le téléphone. Le paysage urbain qui se modifie, insensiblement, on ne sait trop comment, et quand on croit savoir on s'aperçoit qu'on lit aussi des inscriptions dans la langue du pays sur les murs, les enseignes. La campagne, elle, se transforme plus lentement, on reste tout de même en zone tempérée, on doit se débrouiller avec d'infimes variations de verdure, des conceptions légèrement différentes du parcellaire. Des gens roulent aussi à gauche dans tout ça et, ponctuellement, on cherche à se repérer sur le bétail. Tout de même, au bout d'un moment, on y est, par exemple on ne peut plus s'imaginer en Saône-et-Loire.

Voyage rapide, comme on sait. On sort de la gare en découvrant tout de suite les taxis, on aime ces taxis, il y a suffisamment d'anglicité dans ces taxis pour la contenir toute. On en prend un, de toute façon, c'est plus simple avec les bagages, je n'avais pas de bagage au sens fort mais je me suis mis dans la file tout en appelant Diane. J'ai eu évidemment peur qu'elle ne réponde pas mais elle m'a répondu et donc je n'ai pas pu m'offrir le luxe de trouver la situation absurde, j'ai été obligé de me rabattre sur l'idée qu'elle était normale, comme quoi tout est relatif, sachant qu'au reste j'étais en proie à un puissant dépaysement qui n'avait rien à voir ou en tout cas très peu avec la géographie, j'étais moins à l'étranger que préparé à rencontrer une étrangère. Diane, au téléphone, m'avait donné rendez-vous dans un pub à proximité de l'hôtel où elle s'était installée tout en spécifiant que nous n'y resterions pas, nous marcherions, plutôt. Très bien, avais-je dit. Dehors, l'anglicité allait son train, bus à impériale, colonnes sur les façades, fonctionnaires à cheval et je me suis demandé si j'avais jamais aimé cette ville les fois où j'y étais venu avec Diane. Je suis descendu du taxi, on ne voyait rien derrière le verre cathédrale du pub, je suis entré, elle m'a aperçu, s'est levée et m'a reconduit dehors du regard. Viens, a-t-elle dit, et elle m'a pris au coude. Ce n'est pas que ça ne m'a rien fait, mais je n'ai pas su à quoi exactement attribuer mon émotion. De toute façon, elle m'a lâché le coude. La rue descendait. Je me demandais par quoi commencer, elle apparemment aussi. On a marché en silence. Longé des façades sans commerces, tourné en direction d'un parc. On va peut-être pouvoir s'asseoir, ai-je dit. On va s'asseoir, a dit Diane. Le problème, ç'a été le banc. On ne se faisait pas face, évidemment. J'aurais préféré le pub, ai-je dit. Que je te voie, au moins. Tu me vois, a-t-elle dit.

Je l'ai regardée. Elle a détourné les yeux. Après tout, je m'en fiche, ai-je dit. L'essentiel, c'est qu'on parle. Vas-y, a-t-elle dit. J'ai enterré ce type, ai-je dit. Je regardais les pelouses, un kiosque sur notre gauche. Des gens passaient. Soleil de fin d'après-midi, pas très chaud. Dans le jardin, ai-je dit. Où ça, dans le jardin ? a demandé Diane (elle ne me regardait toujours pas, moi non plus). Sous le potager, ai-je dit. Ah, a-t-elle dit. Elle avait l'air de s'en moquer. J'essayais d'imaginer son expression, que je ne saisissais que de profil. Neutre, me semblait-il. Traits tirés. J'ai noté son habillement. Des vêtements que je lui connaissais. Rien d'ici. C'est insupportable, ai-je dit. Je vais vendre la maison.

Et tes acheteurs vont construire une piscine, a dit Diane en fixant le kiosque. À l'emplacement du potager.

Je n'y avais pas pensé, ai-je dit. Tu n'étais pas là pour me donner de bonnes idées.

Je n'en avais pas, a dit Diane.

Je le déterrerai, ai-je dit.

Je n'en pensais pas un mot. Pas question. Je vendrais. Mes acheteurs ne construiraient pas de piscine.

Et donc, ai-je dit. C'est arrivé comment ?

Je te l'ai dit. Il s'est montré violent.

Plus exactement.

Je l'ai poussé. Ça répond à ton autre question.

Laquelle ?

Pourquoi je suis partie.

Et maintenant ?

Je reste.

Ton travail ?

Je vais voir.

Bon, ai-je dit. J'avais l'espoir qu'on se parlerait davantage.

On peut, a-t-elle dit.

Non, ai-je dit. Un chirurgien, donc.

Tu sais ça, a dit Diane.

Il a disparu, ai-je dit. On a signalé sa disparition.

Ils ont entamé des recherches ?

J'ai l'impression.

C'est dangereux, a dit Diane.

Évidemment, ai-je dit.

Je suis désolée de tout ça, a-t-elle dit.

La vie ne ressemble plus à grand-chose, ai-je dit. Tu as remarqué ?

Oui.

Je n'aurais pas dû venir, ai-je dit, et je me suis levé.

Attends, a dit Diane.

Quoi ?

Rien.

Je l'ai laissée sur son banc. Quand j'ai eu quitté le parc, j'ai failli revenir sur mes pas. Cependant que je poursuivais mon chemin (j'ignorais dans quelle direction), je m'éloignais mentalement d'elle, en entamant sérieusement, cette fois, le deuil de notre séparation. Je souffrais davantage. En même temps, ça me libérait. L'idée de la revoir, dans une minute ou dans six mois, me pesait. Elle devait penser la même chose, j'imagine, et la synthèse de tout ça c'est que nous nous débarrassions de nous. Il n'empêche, le vide était là. Et la frustration. Celle de ne pas mieux comprendre, surtout. De quelle façon on en était arrivés là. La rencontre de ce type aurait sans doute tout expliqué s'il s'était agi d'amour. Je n'en avais pas l'impression. C'était sans doute moi. Encore une fois, j'ai failli revenir (ou l'appeler) pour lui en demander la confirmation. Elle m'aurait alors appris que depuis quelques années (sans doute) ou quelques mois (au moins) notre relation ne lui convenait plus. Je n'aurais pas répondu qu'à moi non plus. Elle me convenait. C'était seulement depuis ce bain que ça n'allait plus. Pas tant depuis le mort. Depuis le bain. Et depuis son départ. Son bain, son silence, sa serviette, son départ. Peut-être moins sa dureté envers moi que son impuissance. J'ai pensé aussi faiblesse, j'ai préféré impuissance. Son incapacité. Je crois que j'aurais préféré une femme plus courageuse.

Pas grave qu'elle l'eût poussé, au demeurant. Ça arrive. Je me suis occupé l'esprit un moment à l'excuser. Je n'avais pas du tout pris la direction de la gare. De toute façon, je ne me repérais pas. Je marchais. Je me souvenais qu'on marche beaucoup dans cette ville. De temps en temps, on est comme en province, puis on retrouve une niche urbaine, on peut entrer dans un magasin, boire un café. Je ne suis entré nulle part. Je voulais éviter de parler anglais. Moins parce que j'étais très moyen que parce que je préférais éviter de faire des concessions. À Diane, peut-être. Mais pas seulement. La vie m'avait forcé. Je me suis arrêté devant un plan de ville pour repérer la gare. Puis, plus simplement, j'ai pris un taxi.

Arrivé à la gare, j'ai réfléchi un tout petit peu. Si je trouvais un train dans la soirée, et qu'elle m'appelle, c'était idiot. Ou que je l'appelle. Je me suis laissé cette marge. Parce que évidemment tout allait vite, peut-être trop. Je ne me sentais pas totalement apte à en juger.

Après, une fois qu'on a retenu un train pour le lendemain, il s'agit de trouver un hôtel. J'ai pris une chambre près de la gare. J'ai dû parler. Concessions, donc. J'ai surveillé mon téléphone. Finalement, je l'ai appelée. Elle n'a pas répondu. Ça m'a paru se boucler. Le problème, encore une fois, ç'a été la nuit. J'y ai pris le temps de me demander si j'étais mieux là que chez moi, en fin de compte. Ma conclusion m'a surpris. Je serais sans doute mieux chez moi. Avec le mort. Dire que je commençais, à distance, certes, à m'y habituer serait peut-être excessif. Et pourtant.

Et puis le lundi, j'avais Henri.

Après, il y a le matin. Le petit déjeuner dans l'hôtel, la rue avec l'impression qu'on n'y est pas. La nostalgie, aussi. Impossible de ne pas se souvenir. L'envie de quitter ça, plus forte encore. La proximité de la gare, avec un train dans deux heures, l'absurdité d'être encore là à attendre alors que derrière soi, dans le passé immédiat, rien ne fait écho. Sûrement pas Diane sur son banc, le visage moins fermé que dans son bain, sans doute, mais comme nettoyé de la vie.

J'ai patienté, comme on dit. Sans m'éloigner de la gare. J'ai marché. Tourné autour de la gare, en empruntant les rues nécessaires. Croisé des touristes, bien sûr. Des gens qui arrivaient, qui partaient. Je me suis ressouvenu d'un temps où je voyageais, jeune. J'ai chassé ce souvenir. Je me suis demandé si, dans ma situation, vieillir avait un sens. Je me voyais plus mort que vieux, en fait.

Pas tout à fait mort. Encore une fois, je m'habituais. Cette femme en allée, ce type dans le jardin, je commençais à les intégrer. Tous deux faisaient partie de ma non-vie. Ils la meublaient.

Avant d'entrer dans la gare, je me suis retourné une dernière fois sur Londres. La ville avait disparu. J'ai retrouvé l'animation des salles d'attente, levé les yeux vers les panneaux. Le voyage du retour a passé plus vite. J'ai lu presque tout un journal, à peine distrait par mes pensées. Je n'en avais plus beaucoup. L'étonnant est que pour l'essentiel elles me ramenaient à Henri. M'occupait moins, au demeurant, l'entrevue éprouvante, par endroits, que j'avais eue avec lui que notre rendez-vous pour le tennis, le lendemain. Je ne l'imaginais pas. Mais j'irais, bien sûr. C'était d'ailleurs mon seul rendez-vous.

Non. J'avais oublié le médecin. Et pour cause. Je ne toussais plus, je n'avais plus de fièvre. Impossible de me rappeler quand ça s'était calmé. En tout cas, depuis que j'avais mis les pieds à Londres, ça allait. Et même en y partant. Quand, alors ?

Je ne voyais pas. J'étais guéri. Je n'avais d'ailleurs pas été malade. J'avais réagi. Mais je n'ai pas annulé le médecin. J'irais, donc. Là aussi.

À Paris, j'ai récupéré la voiture au parking et je suis rentré nuitamment, avec ce problème que j'avais commencé à avoir quelques années plus tôt, qui est que je vois mal. J'ai une excellente correction, de jour c'est très net, la nuit non. Dans la campagne, le véhicule sur les feux arrière duquel je me guidais a freiné. J'ai freiné aussi, et j'ai eu le temps, dans la lueur de mes phares, de voir passer quelque chose comme un sanglier. Quelque chose de moins massif, à la réflexion, mais de compact. Pour tout dire, ça ressemblait à un petit kangourou. J'ai cru en voir passer un deuxième, dans sa foulée. C'est le troisième, que je n'ai pas vu. Je l'ai senti percuter mon aile gauche. Je me suis rabattu sur le bas-côté, comme le véhicule précédent. Derrière le véhicule précédent, donc, qui me précédait toujours. Un homme en est sorti, qui a observé son pare-chocs puis qui est venu vers moi alors que j'observais mon aile. (Les kangourous avaient disparu.) En retour, je suis allé examiner son pare-chocs. Lui aussi s'était pris un petit kangourou. Dire qu'on a sympathisé serait excessif, mais tout de même. L'homme, qui ne semblait pas particulièrement stressé, a d'ailleurs entrepris de commenter l'incident au bord de cette route, donc, où continuaient de passer des voitures, qui nous rasaient dans la nuit. D'après lui, des kangourous s'étaient échappés du zoo de Carleville lors d'un orage il y a une dizaines d'années de ça et ils s'étaient adaptés au climat local. De ces petits kangourous, vous savez, ça s'appelle comment, déjà ? Des wallabies ? ai-je supposé. Voilà, a dit l'homme, qui, pour autant que la nuit me permît d'en juger, me paraissait sain d'esprit. Je vais raconter ça à ma femme, a-t-il dit. Bonne idée, ai-je dit, et nous sommes allés, chacun de son côté, redémarrer nos moteurs, avant de rouler sur quelques dizaines de mètres afin de vérifier que nous pouvions repartir. Nous pouvions, apparemment. Nous sommes redescendus de voiture pour nous en féliciter, avons échangé nos coordonnées, pour les assurances, et sommes repartis, donc, en nous faisant un petit signe par la vitre.

Quand je suis rentré chez moi, j'ai dîné rapidement et je me suis couché. J'ai franchement dormi. Peu, toutefois. Le lendemain, à l'aube, j'ai fait, comme on dit, le tour du propriétaire. Avec une attention particulière pour le potager. Objectivement, on ne voyait plus la différence. Les mauvaises herbes venaient par là-dessus, prouver en somme l'honnêteté de mes tomates. Le jardin continuait de fleurir, çà et là des touches de couleur flattaient le regard. Dans la maison, j'ai passé l'aspirateur, j'ai rangé papiers et journaux, retapé les coussins. J'ai récupéré le débris de la balustrade sous la commode, que je suis allé insérer dans le tas de bois. En attendant l'heure de mon rendez-vous avec le médecin, je n'ai plus rien fait de patent. J'ai eu à me battre avec des pensées suffisamment pénibles, bien que tout ça évoluât, s'installât, comme je l'ai indiqué, pour que j'en vienne, en fin de compte (il n'était que huit heures, et la matinée ne passait pas d'elle-même), à des activités du genre désherber (mais pas le potager) ou rentrer du bois (on avait dans le jardin des bûches en provenance de coupes d'arbres qui prenaient la pluie le long d'un mur d'enceinte). Et, hors de chez moi, marcher dans les champs qui bordent le village en réglant mon souffle et en me racontant que c'était sain, et qu'il était utile que ce le fût.

J'ai croisé un couple de voisins, des retraités, qui se tenaient par la main. Je les ai salués sobrement (on se connaissait peu, ils habitaient à quatre maisons de la mienne), et, quand je les ai eu dépassés, ma gorge s'est serrée. J'ai encore croisé un enfant sur un tricycle (on s'approchait de neuf heures), une mère avec une poignée de fleurs qui venait derrière, un type qui courait avec des écouteurs. J'ai salué de nouveau au passage et je suis rentré. J'ai repéré dans un placard des conserves pour le soir. J'ai ouvert la télé sur une matinale, à laquelle j'ai jeté un œil. Je suis allé chercher dans la dépendance une barre à mine, qui n'avait jamais servi à rien, je suis revenu avec dans le salon, je me suis placé devant la télé, j'ai hésité, puis, avec une extrémité de la barre à mine, j'ai fait exploser la tête du présentateur.

Comme il était tôt encore, j'ai lu. Histoire, toujours. Je me suis aperçu que ça faisait un moment, déjà, que j'avais commencé à cohabiter avec les morts. Énorme différence, bien sûr. Ceux-là ne pesaient pas, c'était au contraire de leur vie qu'il s'agissait. Mon mort à moi n'avait pas de parcours. Ou je ne le connaissais pas, ce qui revenait au même. Un chirurgien qui n'avait pas laissé de traces, en tout cas. Et qui, même en passant par Diane, ne m'avait rien appris.

Ni sur moi ni sur rien. Mais qui pesait, de tout son poids de cadavre. Encore. Toujours, probablement. C'était à ça que je m'habituais. À un type que j'avais rencontré mort. Et avec qui je restais. Aucune antériorité dans notre relation. L'évolution de nos rapports, c'était ce chemin qui allait de la fin vers son effacement. Lent, l'effacement. Long.

Je me suis dit qu'en vendant la maison je passerais le relais. Comme Diane me l'avait passé. Elle resurgissait à ce propos. Je n'avais plus pensé à elle. Maintenant, si. La vie revenait, celle d'avant. Je l'ai congédiée et je suis allé à mon rendez-vous avec le médecin.

Gélouville, huit kilomètres. Plus près que Longeville (quinze). Deux personnes dans la salle d'attente. Des gens qui ne disent pas bonjour. Qui lèvent les yeux vers vous, toutefois. Envie de les gifler. C'était peut-être moi, là encore. Pas d'ici. On a beau faire. Un étranger, définitivement.

J'ai pris sur la table l'*hebdomadaire* des sapeurs-pompiers. Les pompiers étaient très occupés. Récits d'incendies, bien sûr. Pas seulement. Articulets sur les promotions. Un retraité nous parle. Une vie sauvée. Un volontaire reçoit un morceau de charpente sur la tête. Les deux sont passés, ç'a été mon tour, je n'avais pas réfléchi à ce que j'allais dire.

Mon médecin était le capitaine des pompiers de Gélouville, justement. Très cultivé, du reste. Grand connaisseur de Proust. Penchant notable pour les pathologies du foie. Communications scientifiques. Ici, derrière son bureau, médecin de campagne.

Serrement de mains. Dites-moi ce qui vous amène. Eh bien, ai-je dit, et je me suis tu.

Qu'est-ce qui ne va pas ? a repris le médecin.

J'ai toussé, ai-je fini par dire.

Quand ?

Il y a deux jours. Et j'ai eu de la fièvre.

Et maintenant ?

Rien, ai-je dit. Rien de particulier.

Je vais vous examiner, a-t-il dit.

Il m'a examiné. Légère irritation de la gorge, a-t-il conclu. La tension est correcte. Vous digérez bien ?

Je n'ai pas su quoi répondre, je ne me souvenais pas d'avoir digéré ces derniers temps.

Je ne sais pas, ai-je dit.

Tant mieux, a dit le médecin. Je vais vous donner quelque chose, à tout hasard. Pour l'estomac.

D'accord, ai-je dit.

Autre chose ? a-t-il dit.

J'ai flotté un instant. Il avait eu, fugitivement, un petit air de sondeur d'âmes, qui eût pu m'alarmer, mais son attitude paisible balayait en moi toute méfiance ou, plus exactement, s'installait aux côtés de ma méfiance, pacifiquement, comme une tentation. L'homme, à l'évidence, devait être en mesure d'accéder à toute complexité humaine, à toute torsion de l'esprit, à tout écart de conduite. Il était capitaine des pompiers.

Mais, d'une part, et pour les mêmes raisons, j'imaginais tout aussi bien l'inverse et, d'autre part, j'étais encore suffisamment lucide pour me rappeler qu'il ne s'agissait pas ici, ni ailleurs, de se faire comprendre. Il s'agissait de dissimuler.

Non, ai-je dit. Il y a peut-être que je suis un peu nerveux en ce moment.

Il a hoché la tête.

Pensez à respirer, a-t-il dit. À respirer correctement. Lentement. Par le ventre.

J'ai dit oui, par le ventre.

C'est ça, a dit le médecin. Et revenez me voir, si vous avez un doute.

Je l'ai remercié. Je doutais déjà, évidemment.

Je suis rentré chez moi avant mon rendez-vous avec Henri à quinze heures. Je n'en pouvais plus d'être chez moi. On est beaucoup chez soi de toute façon à la campagne. Et j'en avais assez d'être à la campagne. Notamment dans cette situation. Vivre avec un mort dans un placard en ville, me suis-je dit. Je suis sorti mais, quand on sort de chez soi à la campagne, on est toujours à la campagne. En ville aussi, bien sûr, on reste en ville. Ce que je cherche plutôt à dire, c'est qu'à la campagne les différences se voient moins. Ou que peut-être, d'une centaine de mètres à l'autre, les choses changent moins vite. D'un kilomètre à l'autre, même. On ne peut pas se raccrocher indéfiniment aux variations de couleur. L'œil se lasse d'alterner entre jaune et vert. Et, quand une silhouette se profile au bord d'un chemin, elle est ombreuse.

Je suis allé déjeuner dans un café-restaurant que nous fréquentions un peu, avec Diane. Un endroit gai, dans un autre village, et qui en constitue le seul commerce. Des serveuses aimables, une patronne enjouée, une liberté de ton réconfortante. Une place charmante avec un arbre centenaire, sous quoi, tables mises l'été, on vous sert des saucisses. C'est la preuve, me suis-je dit. Que sans elle.

On me connaissait, on ne m'a pas posé de questions. On m'a servi, j'ai plaisanté. Arrête, me suis-je dit. N'en fais pas trop. Tu vas t'écrouler au dessert.

Non. J'ai traîné. Café, café encore. L'étape suivante, c'était Henri. Je me suis rendu compte que je n'avais pas de tenue pour jouer. Seulement mes baskets dans le coffre, avec ma raquette. Je me suis demandé si Henri le prendrait mal.

Je suis arrivé en avance. J'étais déjà passé à Grainville. C'était désert, comme d'habitude. J'avais pratiqué ce court de tennis. J'avais été inscrit. Avec ma clé. Le court (ainsi qu'un autre, qui lui était contigu) longeait une petite route en pente, qui elle-même longeait la voie ferrée. Du terrain, surélevé par rapport à la route, on voyait passer les trains.

Les deux courts étaient libres. Pas de témoins, donc. Au loin, une cavalière s'est profilée, qui sortait d'un manège. Henri est arrivé au volant d'une voiture silencieuse. Il a coupé le moteur, est sorti, m'a vu debout devant le court, ma raquette à la main, a ouvert son coffre, en a sorti sa raquette et deux boîtes de balles, puis est venu vers moi, les deux mains prises, dont il a libéré la droite pour me serrer la mienne. Bonjour, a-t-il dit. Bonjour, ai-je dit. On y va ? a-t-il dit. J'ai dit oui, et de la main droite, toujours libre, il a engagé une clé dans la serrure de la grille. Aucune réflexion sur mon absence de tenue. Un bref regard, peut-être. Aucune question sur rien. Il a posé sa raquette et ses boîtes de balles sur le banc le long du court, au pied du siège de l'arbitre, a ouvert une boîte, a empli de balles ses poches de jogging, m'a demandé si je pouvais en prendre une ou deux dans mes poches à moi, je portais un jean un peu lâche mais pas suffisamment. Non, laissez tomber, m'a-t-il dit après m'avoir observé, cette fois, et il a surgonflé ses poches avec la seconde boîte de balles. Je n'ai pas eu le temps de me changer, ai-je dit. Aucune importance, a dit Henri, vous préférez quel côté ? Ça m'est égal, ai-je dit, je prends le soleil face à moi pour commencer, si vous voulez, j'ai mes lunettes, et je les ai sorties de ma poche de chemise. Moi aussi, a dit Henri, et il a sorti les siennes. À partir de ce moment, nous ne nous sommes plus vus, en quelque sorte, et, quand nous nous sommes éloignés l'un de l'autre, chacun vers son fond de court, Henri face au soleil, nous nous en sommes remis à nos seules voix, nécessairement haussées en raison de la distance (avec un pic quand un train passait). On fait quelques balles ? a crié Henri. J'ai crié d'accord, et il m'a expédié une première balle en cuiller, assez basse au-dessus du filet. Relativement puissante, également. Je la lui ai renvoyée plus haut au-dessus du filet, avec moins de puissance, lestée d'un lift insuffisant. Il me l'a retournée d'un coup identique au premier, et j'ai compris qu'il avait une technique plus sûre que la mienne, mais je ne désespérais pas de m'échauffer. On a échangé quelques balles qu'il expédiait avec une puissance raisonnable, et que je lui renvoyais en liftant mieux, mais il m'est arrivé d'amortir. J'ai amené comme ça Henri à venir au filet sur des balles involontairement lentes, autrement dit à courir, et j'ai constaté qu'il courait bien. Au bout d'un moment, j'ai constaté aussi que la plupart des balles se trouvaient derrière moi, en souffrance au pied du grillage. Je me suis concentré. J'ai affermi mes coups. Mon problème, qui n'était pas neuf, c'était le revers. Dans ce cas de figure, je ne liftais les balles qu'au prix de les envoyer deux fois sur trois dans le filet, et par conséquent j'ai choisi de les amortir. Plus raisonnablement, j'ai renoncé au revers. J'ai compté sur mon coup droit, qui était plutôt bon. Évidemment, à mon tour, j'ai couru beaucoup. J'étais essoufflé quand Henri m'a proposé une partie. Pourquoi pas ? ai-je dit. J'avais à peine commencé que je n'en voyais pas le bout. Henri avait toujours le soleil de face, qui se reflétait dans ses lunettes, et j'ai eu la sensation d'une personne discrètement robotisée. Henri ne commentait pas nos échanges, que je ponctuais personnellement de soupirs, d'exclamations et de légers argotismes, alors que j'aurais eu besoin, parfois, d'un encouragement ou plus modestement de bienveillance. Henri m'a laissé engager, et je ne suis pas trop mauvais à l'engagement, quoique mes services, plutôt précis, manquent de fermeté. Pas ceux d'Henri. J'ai couru. J'ai demandé une petite pause. Pas de problème, a dit Henri.

Il n'avait pas l'air excédé. Je me suis assis sur le banc, il est resté debout. Vous vous débrouillez bien, a-t-il dit. Si, si, a-t-il ajouté, vous ne vous en sortez pas mal. Vous êtes plus fort, ai-je dit. (On se parlait toujours de derrière nos lunettes.) Je ne dirais pas ça, a dit Henri. Seulement, vous êtes un peu trop sur la défensive. On la reprend, cette partie ?

Je n'ai pas osé lui demander ce qu'il entendait exactement par partie. S'il s'agissait d'une vraie partie, avec des sets. S'il envisageait une revanche. Henri m'a écrasé. Lentement, méthodiquement. Pourtant, je m'améliorais. J'avais complètement abandonné le revers, mais mon coup droit avait fait quelques merveilles. Contrepieds, passing-shots, diverses petites crucifixions. Une fois, notamment, je l'avais cloué sur sa ligne de fond. Je me prenais au jeu, ça m'a fait peur. Henri avait riposté. M'avait matraqué en retour. Humilié, en un sens. Épuisé. Battu. Ce que je voulais, c'était éviter la revanche.

La prochaine fois, a dit Henri.

Je l'aurais embrassé. Vous allez venir boire un verre à la maison, a-t-il dit. J'ai flotté un instant. Je vais peut-être d'abord prendre une douche chez moi, ai-je dit. Bien sûr, a dit Henri. On se retrouve dans une heure. Vous avez un GPS ?

Il m'a laissé son adresse. Je suis donc repassé chez moi, j'ai pris une douche, je me suis changé, j'ai jeté un coup d'œil au jardin et j'ai dû me forcer pour penser au mort. Il ne s'agit pas de l'oublier, me suis-je dit. Le fait est qu'il me sortait de la tête. Alors qu'avec Henri dans le secteur, me suis-je dit. Et j'ai pensé à une chose. Une chose absurde. C'est qu'Henri me protégeait. Comme le médecin, en un sens. Qu'en tout cas il avait commencé à me rassurer. Peut-être parce qu'il m'avait battu. Et que dans ces conditions il devait me ménager. Évidemment, j'en étais au stade de l'impression. C'est d'abord de moi que je dois me méfier, me suis-je dit.

Il habitait à quatre kilomètres de chez moi, donc. Au Ballu. C'est tout petit, Le Ballu, mais j'ai compris son invitation à recourir au GPS. La rue est introuvable, elle figure le côté d'un triangle dont aucun côté, en gros, ne mène nulle part. Il faut déjà accéder au triangle, par une vicinale terreuse. On arrive en lisière de forêt, dans un creux, où on n'entend plus que des oiseaux, pratiquement plus de voitures. On ne circule plus, on se gare. Il s'agit pourtant d'une zone d'habitation récente. Pavillons sur tertres, comme je l'avais supposé. Celui d'Henri était léché par la lisière. D'un côté le crépi et la descente de garage, de l'autre la densité du couvert, longé d'une sorte d'allée cavalière ponctuée de containers de déchets. Dans le jardin, trois petits pommiers, une souche. Des massifs de fleurs rouges devant le perron. Et dans l'encadrement de la porte, qui s'ouvre quand j'ai sonné, une femme. La cinquantaine, des rondeurs, une robe qu'elle a dû choisir, malgré tout, me dis-je, sinon pour quelle raison la porterait-elle ? Des chaussures basses, avec des trous, de petits trous pour laisser passer l'air, et par là-dessus un sourire formidable, une bonté destructrice, de ce genre de bonté irradiante qui vous arrache le cœur dès qu'on la quitte en imagination pour replonger dans la dureté des choses. Peu de femmes comme ça, donc, mais quelques-unes, on les connaît, on les croise, on les voudrait comme mères, on peut les avoir comme mères, mais pas pour soi seul. Et, derrière ce genre de femme, Henri, dont la tête paraît derrière son épaule, comme à la gendarmerie derrière l'épaule de sa collègue. Entrez, me dit la femme, et j'entre. Simon, dis-je. Nicole, dit Henri. Sourires. En vérité, je suis terrassé. Nous voilà autour d'une table, rectangulaire, chaises droites, d'où l'on surplombe la zone salon, avec la télé et les deux fauteuils à gros bras. Nicole a apporté une théière à fleurs et des mugs sans anse. Et j'ai toujours détesté le thé.

On brûle nos doigts. On brûle nos lèvres. Alors, me dit Nicole, toujours pas de nouvelles ?

Chérie, dit Henri.

Il est resté sur la dernière syllabe. Le *i* prolongé, reproche et affection. Désolé, me dit-il. J'ai un peu parlé de vous à ma femme. En fait, pour ne rien vous cacher, je voulais avoir son avis.

On comprend votre situation, dit Nicole.

Je regarde Henri.

Elle est à Londres, dis-je. Elle va bien.

Ah, dit Henri.

Alors, tout rentre dans l'ordre, dit Nicole.

Pas vraiment, dis-je. Mais je sais où elle est.

Henri m'a dit que vous jouiez bien.

Non, dis-je. Il m'a tué.

Simon exagère, dit Henri. C'est bien que vous sachiez où est votre femme, ajoute-t-il à mon intention.

Un peu de thé ? dit Nicole.

Non, merci, dis-je.

J'ai mal au dos. Le tennis m'a fatigué. Henri propose que nous prenions date pour la revanche. Lundi prochain. D'accord, dis-je. Je regarde Nicole, elle me sourit. Henri se ressert du thé.

Vous avez vu le jardin ?

Oui, dis-je. J'ai vu les fleurs, en entrant. C'est très gai.

Non, dit Henri. Ça manque d'arbres. J'ai coupé le seul gros arbre que j'avais. Vous avez vu la souche ?

Oui.

Un sapin, dit Henri. Il me foutait le bourdon. Et je ne sais toujours pas quoi penser de la forêt. De temps en temps, j'ai l'impression qu'elle va nous bouffer.

Henri, dit Nicole.

Ma femme me surveille, me dit-il avec de nouveau un de ces sourires que je lui découvre. Mon langage, surtout.

Ce n'est pas parce qu'on est flic qu'on ne doit pas se tenir, dit Nicole.

Gendarme, dit Henri.

J'ai toujours dit flic, m'explique aimablement Nicole.

Ma femme est comme tout le monde, me dit Henri, vous voyez.

Oui, dis-je.

Ce n'est pas tant ce qui se dit ici que ce qui se lit sur les visages, qui m'inquiète. M'inquiète est trop fort. Me trouble. Le sourire d'Henri, par exemple. Ça va trop vite. Je n'ai pas encore eu le temps de m'habituer à son air plutôt posé, neutre, même, qui peut habiller aussi bien le soupçon que la sollicitude. Son sourire l'éjecte à cent lieues de cette ambivalence finalement simpliste, dans l'imprévisibilité de sa vie d'homme, dans l'imprévisibilité de tout. Et pareil pour Nicole. Elle n'est pas seulement gentille, elle paraît également normale. On pressent ses défauts. C'est tout ça qui me trouble. Et finalement m'inquiète, oui.

Je n'ose pas leur annoncer que je vais bientôt y aller. Je ne m'ennuie évidemment pas, je suis aux aguets, mais je me demande s'il ne serait pas préférable de mettre un terme, ne serait-ce que provisoirement, à cet embryon de conversation où je crains que mes mots, assez rares jusqu'ici, ne finissent par sortir et laisser dans leurs esprits des traces voyantes.

Un petit gâteau ? me propose Nicole.

Elle pousse l'assiette vers moi. Des tuiles. J'en prends une, rebois une gorgée de thé, tiède, cette fois. J'ai dû louper le moment où la bonne température a été atteinte.

C'est votre fille ? dis-je en désignant une photo dans un cadre incliné sur une console au bord du canapé à motifs.

Peur d'avoir gaffé. Qu'elle soit morte.

Elle vit en Italie, dit Henri. Elle est œnologue. Et vous, vous avez des enfants ?

Moi ? dis-je. Non. Pas d'enfants.

Nicole me jette un regard compatissant ou sévère, ou les deux. Henri a soudain l'air de s'ennuyer un tout petit peu. Ou de penser qu'on a fait le tour des choses. Ou d'attendre autre chose.

Au fait, dis-je en le regardant (je ne me sens pas encore capable de le prénommer), ça se passe comment, pour vous ?

Il hausse un sourcil.

Depuis deux jours, dis-je.

Encore un mot que je n'arrive pas à prononcer. Henri non plus, apparemment.

Oh, dit-il, ce n'est pas depuis deux jours. Je m'étais préparé.

On va voyager, dit Nicole.

Pas tout de suite, dit Henri. La vie va prendre aussi beaucoup de temps, ici, il y a pas mal de choses à faire, à régler. Et j'ai encore des liens avec certains collègues.

Ça n'empêche pas, dit Nicole.

Je n'ai pas dit ça, dit Henri.

Et donc, vous, Nicole, vous n'avez pas d'obligation ? dis-je (ça y est, m'avisé-je, je pose des questions, je bavarde, je m'intéresse, je m'étonne).

Si, dit Nicole. Je suis couturière. Enfin, j'étais. Je veux dire que je continue à coudre.

Ah oui, dis-je.

Je donne des cours, explique Nicole.

Moi aussi, dis-je. D'une certaine façon.

Oui, Henri m'a dit que vous étiez conférencier.

Je jette un regard à Henri.

Finalement, vous savez tout sur moi, tous les deux.

Je ne sais pas ce qui m'a pris. Pas l'envie de jouer, non. Peut-être de les tester. Ou de leur montrer que je suis détendu. Ou d'aller vers eux, d'échanger avec eux sur le mode du clin d'œil. Ou de me rendre.

De toute manière, ça tombe à l'eau. Pas de réaction visible.

En tout cas, n'hésitez pas à venir nous voir, dit Nicole.

On ne va pas lui forcer la main, intervient Henri. Déjà que je l'ai un peu poussé à jouer au tennis.

Et à rejouer, dis-je.

J'appuie en souriant. Henri semble capter ce genre d'humour. J'en profite pour me lever.

Je vais vous laisser. Merci vraiment pour votre accueil.

Henri ne s'oppose pas à mon départ. Il se lève aussi.

Je vous raccompagne.

À la porte, seulement. Je respire. J'ai serré la main de Nicole dans la salle à manger, je serre maintenant la sienne.

On n'a pas beaucoup parlé, dit-il. Mais je pense à vous. À lundi.

D'accord.

Je m'en vais. Tout est normal. C'est-à-dire rien. En même temps, ça n'a pas tellement d'importance. J'ignore si je ressens quoi que ce soit, en fait. Quand j'arrive chez moi, c'est pareil. Une voiture que je ne connais pas est garée devant le portail et ça m'est égal.

Je ne connais pas non plus la femme qui sort de la voiture au moment où je referme ma portière pour aller ouvrir le portail. Excusez-moi, dit-elle.

Il s'agit d'une femme grande, un peu plus que moi, au corps délié, au visage d'une beauté régulière, plutôt rare, mais moins rare que régulière, au point que le regard ne s'y accroche pas, s'y perd, dérape dans une sorte de transparence ou de pureté avant de se retenir à la saillie de l'œil, extraordinairement bleu et dont on se demande, naturellement, s'il abrite quoi que ce soit derrière sa liquidité, à moins qu'à la pureté ne se substitue ici une dureté, je ne sais pas. Elle porte une veste un peu longue, de type trench, ses cheveux sont serrés dans un foulard rouge. Je cherche Diane Eckart, me dit-elle, je crois savoir qu'elle habite là, vous êtes peut-être son mari.

J'ai déjà entendu ce genre de voix. Registre médian, peu d'intonation, une égalité à quoi la pureté (ou la dureté) du regard ne se raccorde pas, et qui rend un effet de collage. Sauf que cette femme ne dissimule rien, ne joue pas.

Nous ne sommes pas mariés, dis-je. Diane est absente. Vous la cherchez pour quoi ?

Pour qu'elle me donne, éventuellement, des nouvelles de

mon mari. C'est lui que je cherche, en fait. J'ai retrouvé votre adresse dans l'agenda de son téléphone.

Elle sort de sa poche un téléphone, me le montre.

Il n'y a pas de problème, dis-je, je vous crois.

Et alors, me dis-je, voilà le téléphone que je n'ai pas trouvé dans les poches du mort. Après l'homme, donc, son téléphone, mais aussi, ne l'oublions pas, sa femme, que je regarde en pensant que c'est elle, sa femme, mais que je regarde moins que son téléphone, où je le sais présent, tout entier ou presque, et que sa femme, précisément, fait disparaître.

Au reste, c'est uniquement pour la vraisemblance que je recule le moment où je vais lui proposer d'entrer. En vérité, je préférerais que ça aille plus vite.

Mon mari a disparu, dit-elle.

Vous l'avez signalé à la gendarmerie ? Vous voulez entrer ?

Merci, dit-elle.

Je lui ouvre le portail. Il y a une table dans la cour avec des chaises de jardin où nous ne nous asseyons jamais. Je n'ouvre pas la porte de la maison, lui propose de s'asseoir en tirant une chaise de dessous la table. Elle s'assoit. Moi aussi.

Je suis effectivement allée à la gendarmerie, dit-elle. Ils enquêtent, encore qu'ils n'y soient pas obligés. Pour eux, jusqu'à présent, mon mari s'est contenté de ne pas rentrer. Il en a le droit, m'ont-ils dit. J'ai insisté. J'ai dit que son absence était absolument anormale. Mais je ne leur ai pas parlé de votre femme. De votre amie. Je n'ai pas retrouvé tout de suite le téléphone de mon mari, qu'il avait laissé dans la boîte à gants.

Vous allez le leur signaler, maintenant, dis-je.

Je ne sais pas. Si je leur donne cette information, ils vont penser à un adultère, ils arrêteront de chercher.

En fait, dis-je, Diane s'est également absentée. Je sais maintenant qu'elle est à Londres. Il y a quelques jours, j'ai signalé à la gendarmerie qu'elle ne me donnait pas de nouvelles et ils m'ont ri au nez. Elle m'a appelé depuis. Elle ne m'a pas parlé de votre mari.

Ça ne prouve rien.

Non, en effet, dis-je.

Vous me donneriez tout de même son numéro ?

Si vous voulez.

Je lui ai donné le numéro de Diane.

Vous n'avez aucun soupçon, a dit la femme. Ou vous vous en fichez.

Vous voulez boire quelque chose ?

Non, merci.

Je ne me fiche de rien, ai-je dit. Je ne vous connais pas, je ne connais pas votre mari, vous débarquez chez moi avec vos questions et vous supposez que je peux y répondre. Or je ne peux pas y répondre. Je ne sais rien. Diane est partie à Londres, c'est tout.

Elle vous a quitté, a-t-elle dit.

Elle m'a regardé. On se regardait. Elle était toujours aussi lisse, et je me suis aperçu qu'elle ne posait pas de questions, qu'elle émettait des hypothèses. Elle triait. Enquêtait. Je n'étais pas certain, toutefois, qu'elle tentait de me percer à jour. Elle cherchait seulement son mari.

Les choses ne sont pas toujours aussi simples, ai-je dit.

C'était une introduction. Mais je n'avais pas de suite. Mauvais sujet de conférence, me suis-je dit. Ou mauvais public. Manque manifeste d'ouverture.

Le problème, a-t-elle dit, c'est que, en admettant que mon mari ait une liaison avec votre amie, excusez-moi.

Je vous en prie.

Le problème, c'est qu'il n'a pas pu partir avec elle.

J'espère bien.

Mon mari ne tombe pas amoureux, a-t-elle précisé. Il est séduit, il séduit, il ne me quitte pas. Il ne part pas. Jamais.

C'est sans doute qu'il tient à vous.

À sa façon.

Mais vous prenez tout de même le numéro de Diane.

À tout hasard. Il a pu venir ici.

Si ce que vous supposez est exact, ai-je dit, oui.

Vous ne l'avez pas vu.

J'ai haussé les sourcils, légèrement souri.

Elle ne vous a jamais parlé de lui.

Non, je vous l'ai dit.

Vous n'avez pas l'air étonné.

De quoi ?

De tout ça.

J'ai commencé à m'étonner quand je me suis mis à attendre des nouvelles de Diane. Ce que vous me dites m'étonne moins. Diane a pu, ou peut, en effet avoir une liaison avec votre mari. Ça ne m'arrange pas. Ça m'étonne moins.

On a sonné au portail. La voiture de la femme était garée devant. Si c'est Henri, me suis-je dit, je fais quoi ?

Vous n'allez pas ouvrir ?

Si.

C'était Paul.

Je te dérange.

Non. Je suis avec quelqu'un qui va partir. Entre.

Paul est entré. La femme s'était levée. Je ne comptais pas faire les présentations. Elle a jeté un coup d'œil à Paul, lui a adressé un bref salut, qu'il lui a rendu. Elle est venue vers moi.

C'est votre téléphone à vous, que je n'ai pas.

C'est vrai, ai-je dit.

Je le lui ai donné. Paul restait en retrait. La femme m'a remercié, m'a salué, est passée devant Paul, qu'elle a salué de nouveau, est sortie et est remontée dans sa voiture. J'ai refermé le portail derrière elle. Qui c'est ? a dit Paul.

Je ne sais pas, ai-je dit. Quelqu'un qui voulait un renseignement.

Tu es bien mystérieux.

Je ne la connais pas, je t'ai dit.

Je me suis rendu compte que Paul pensait que je lui cachais autre chose que ce qu'en vérité je lui cachais, autre chose que toute mon histoire. Et que ça m'arrangeait. Et que mes dénégations allaient dans le bon sens.

Tu n'appelles pas, a-t-il dit. Vous ne nous appelez pas.

Je t'ai déjà dit qu'en ce moment.

Je peux rester dîner, cette fois. Ça me ferait plaisir de voir Diane. Maud s'est absentée.

Diane aussi.

Je peux rester dîner quand même.

Tu veux quoi ? ai-je dit.

Je peux m'asseoir ?

J'ai fermé les yeux.

Il s'est assis.

Je te dérange, a-t-il encore dit.

Tu ne me déranges pas.

Je ne te dérange pas mais tu as des problèmes.

On en a toujours.

Je restais debout.

Tu ne vas pas rester, Paul, ai-je finalement dit. Tu vas te lever et tu vas rentrer chez toi. On va se rappeler. On va attendre un peu.

Eh bien voilà, a dit Paul, au moins, c'est clair.

Il s'est levé.

Attends, a-t-il dit, j'ai soif. Tu peux m'offrir un verre d'eau ?

Vas-y, ai-je dit, tu sais où c'est.

Il est entré. Est ressorti.

Qu'est-ce qui s'est passé avec ta télé ?

Rien.

D'accord, d'accord, a dit Paul. On se rappelle.

Quand il est parti, je suis resté un certain temps dans la cour. Je ne pouvais pas détruire la maison. J'ai rappelé les agents immobiliers. J'en ai eu deux. Je voudrais vous signer un mandat, ai-je dit. J'allais vous appeler, m'a dit l'un. J'ai des gens qui sont peut-être intéressés. Je vois si on peut organiser une visite pour demain.

Je passe sur la soirée, je passe sur la nuit. Je saute la matinée. Je résume quand même en confirmant qu'à aucun moment, comme on s'en doute, je ne m'étais senti chez moi. Je m'y étais néanmoins tenu. J'avais occupé physiquement l'espace. De façon tantôt mobile, tantôt non. Moins mobile qu'immobile. Je n'avais pas occupé mes mains (excepté le fait que j'étais allé ranger la télé détruite dans la dépendance, en attendant de la porter à la déchetterie), je ne m'étais pas occupé l'esprit. J'avais enragé. Assis là dans un fauteuil, debout ici près d'une porte. Partir, m'étais-je dit. Si j'attends dans la maison de vendre la maison, je risque d'attendre longtemps dans la maison. Alors que partir. Je laisse les clés aux agences et je pars. De sorte que lorsque le premier agent immobilier, après m'avoir prévenu qu'il viendrait aux environs de quatorze heures, si ça me convenait, avec ses acheteurs potentiels, lorsque l'homme qui n'utilisait son télémètre qu'avec pondération, donc, est arrivé, je réfléchissais à un point de chute. Il m'a présenté un couple de jeunes gens, la femme enjouée, jolie, l'homme plutôt beau, taciturne, un peu comme lui mais pas dans le même genre, dans le genre ombrageux, disons, quand l'agent immobilier semblait se cantonner au genre dépressif, qui m'a fait signer hâtivement le mandat de vente sur un coin de table et que j'ai invité à conduire la visite, sauf en ce qui concernait le jardin. Devant la balustrade, l'agent immobilier a dit ce sera réparé, évidemment. Le visiteur n'a pas réagi, de toute façon jusqu'à présent il n'avait rien exprimé, la femme a souri finement et ça m'a inquiété, elle avait l'air de se fiche de cette balustrade, et je n'étais pas certain de vouloir signer une promesse de vente tout de suite. Je veux dire que là encore il me semblait que ça allait un peu trop vite, tout à coup, mais je n'avais pas le courage de freiner. Je les ai accompagnés dans le jardin et l'agent immobilier a recouru à des métaphores où se mêlaient l'administratif et le champêtre. Quand on est passés près du potager, il l'a indiqué (là, a-t-il dit, vous avez le potager mais vous pouvez bien entendu en faire autre chose, et évidemment j'ai frémi). Ce que je voulais, surtout, c'est qu'on ne s'attarde pas, qu'on ne se penche pas sur le potager, qu'on le dépasse, et par chance on l'a dépassé pour gagner le fond du jardin, malheureusement on est repassés devant et la femme a dit vous en êtes content, de vos tomates? et j'ai dit oui, ça va, mais je n'ai pas été capable d'enchaîner, de lui parler plus précisément de mes tomates, j'ai dû avoir l'air du type qui n'a pas spécialement envie de livrer ses secrets concernant la réussite de ses tomates, en tout cas on a dépassé le potager et ensuite j'ai dit à l'agent je vous laisse continuer sans moi. Je suis allé m'asseoir dans le salon, face à la balustrade, et j'ai repensé au débris, je me suis redemandé si sa présence sous la commode avait échappé à la vigilance d'Henri, et alors j'ai tranché, je me suis dit non, elle n'a pas échappé à sa vigilance, et donc voilà, Henri me soupçonne, je dois faire avec, mais comment?

Je ne pouvais pas revenir en arrière. Et par conséquent je me suis mis en tête qu'Henri s'était persuadé que l'effondrement de la balustrade s'était produit récemment, et que je lui avais menti là-dessus. Ça m'inquiétait toutefois moins que ça ne m'agaçait, comme agacent certaines petites erreurs sans gravité, c'est-à-dire que celle-ci pouvait être grave, mais elle m'agaçait comme si elle ne l'avait pas été, elle m'agaçait en comparaison avec l'ensevelissement du mort, par exemple, que j'avais mené à bien avec une forme d'efficacité, alors que là c'était trop bête, comme on dit, ça résultait de ma relative insensibilité à la poussière et au rangement, à ma négligence quand il s'agit de regarder un peu sous les meubles. Et en même temps c'était bien. Tout était bien. Tout allait son train, clairement ou non, vite ou moins vite. Il me suffisait de suivre.

Ils sont rentrés au salon et ne m'ont rien dit. Impossible de savoir si la maison leur plaisait. Ils m'ont remercié, m'ont salué, ont salué l'agent immobilier et sont partis. L'agent immobilier est resté cinq minutes pour me dire que selon lui ils avaient l'air intéressés, surtout elle. Bien, ai-je dit. Je vous appelle, a-t-il dit, et il est parti à son tour. Je n'ai pas refermé le portail. J'en avais assez d'aller ouvrir. Je suis resté dans la cour, un œil traînant sur l'ouverture vers la rue, où personne n'est passé, en tout cas pas à pied. Personne non plus n'est entré ni n'a sonné pour manifester son désir d'entrer. La seconde agence que j'avais contactée, à Blagnon, n'avait pas de clients potentiels mais m'avait proposé de venir lui signer un mandat dans la journée. J'y suis allé et, après, j'ai traîné dans les rues de Blagnon entre une mercerie, un salon de massage, un fleuriste, deux boulangeries et un garage, et là, puisque je ne me sentais nulle part excepté en moi-même, mais avec, à l'intérieur, comme y ayant pénétré par effraction, la lumière de Blagnon, l'air de Blagnon, l'éprouvant silence de Blagnon, j'ai repris lentement la direction de chez moi, où j'ai craint également de me retrouver. J'ai bifurqué. J'ai atterri chez Henri parce que, en fait, à part Henri, je ne pensais plus à personne. Je veux dire que j'ai atterri là sans raison claire, excepté que sans lui je me sentais perdu. Avec lui aussi. J'ai calculé que je l'avais vu la veille, mais le temps avait commencé de se distendre. Entre un jour et une semaine, je ne faisais plus la différence. Henri n'était pas chez lui, ou plutôt il n'y était plus tout à fait, il était devant chez lui, debout face au coffre ouvert de sa voiture, avec un sac à la main. Nicole est apparue sur le perron avec un autre sac. Bonjour, a dit Henri comme j'abaissais ma vitre en parvenant à sa hauteur. Il a posé son sac dans le coffre et est venu me tendre sa main par la vitre. On part chez ma belle-sœur, a-t-il dit. Ah, ai-je dit. Mais on a cinq minutes, a dit Henri. Vous entrez boire quelque chose ? J'ai dit que je ne voulais pas les déranger, mais Henri a dit allons, vous ne passiez quand même pas par hasard. J'ai dit si, justement, et j'étais toujours au volant de la voiture cependant que Nicole s'approchait avec son sac. Pas de nouvelles nouvelles ? a dit Henri. Non, ai-je dit, mais je tourne un peu en rond, je roule, vous voyez, et me voilà devant chez vous. Raison de plus pour entrer cinq minutes, a-t-il dit. Mais oui, a dit Nicole qui arrivait avec son sac, qu'elle a posé dans leur coffre, ma sœur peut bien attendre un peu, elle n'est qu'à deux cents kilomètres, on partait parce qu'on a bouclé nos bagages, vous savez ce que c'est, une fois qu'on est prêts. Écoutez, ai-je dit. Venez, a dit Henri, on va prendre un thé. Il a ouvert ma portière. Je les ai suivis dans la maison où Nicole m'a dit de m'asseoir. Pendant qu'elle allumait sous la bouilloire, Henri s'est affairé devant le buffet et j'ai dit que, si ça ne les ennuyait pas, je préférais un verre d'eau. Même pas un petit jus de fruit ? a dit Nicole. Non, merci, ai-je dit. Henri a posé les tasses sur la table, ainsi qu'un verre, et il a dit qu'est-ce que vous allez faire ? C'est-à-dire ? ai-je dit. Dans la vie, a dit Henri. Je ne sais pas, ai-je dit, je pensais m'absenter, partir. Définitivement ? a demandé Henri. Non, évidemment pas, ai-je dit, partir un peu, partir de chez moi. Des vacances, en somme, a synthétisé Henri. Je ne sais pas comment on peut appeler ça, ai-je dit. Changer d'air, est intervenue Nicole, qui revenait avec la théière et une bouteille d'eau minérale. De toute façon ça vous fera du bien, vous avez une mine de déterré. Ah oui ? ai-je dit. Ce n'est peut-être pas le mot, a corrigé Henri mais vous êtes fatigué, c'est évident. Vous avez un endroit ? Pardon ? ai-je dit. Un endroit où aller, a dit Henri. J'y réfléchis, ai-je dit, je ne sais pas encore. Mais je n'oublie pas notre revanche lundi prochain. Ne vous inquiétez pas de ça, m'a rassuré Henri, on peut d'ailleurs la remettre, notre revanche, on ne va pas en faire une affaire d'État. Quand même, ai-je dit. Une idée me vient, a dit Henri à l'intention de Nicole, non, a-t-il enchaîné en revenant vers moi, c'est idiot, mais je me disais que, si vous n'avez pas de projet précis, vous pourriez nous accompagner. Vous voulez dire chez votre belle-sœur ? ai-je dit.

C'est-à-dire chez ma sœur, est de nouveau intervenue Nicole avec un sourire entendu, elle n'a jamais mangé personne. Elle est veuve, en plus. Quel rapport ? a fait Henri. J'aime bien les veuves, a enchaîné Nicole dont je me suis demandé si elle se révélait un véritable boute-en-train ou si ça cachait quelque chose de plus grave, et alors comme ma sœur est veuve, a-t-elle poursuivi, et là elle a cherché ses mots. C'est pas clair, ma chérie, a dit Henri. Je crois qu'elle veut surtout dire qu'elle aime bien sa sœur, suis-je intervenu. En tout cas, ça ne pose pas de problèmes, a dit Henri. Oui, ai-je dit, c'est très gentil, merci, mais on ne se connaît pas, enfin, on se connaît depuis peu, ça me met dans une position bizarre, vous comprenez ? Bizarre comment ? a dit Henri. Je ne sais pas, ai-je dit. C'est la vie qui est bizarre, j'ai été payé toute ma carrière pour le savoir mieux que personne, a dit Henri, et il s'est tourné vers Nicole. On passe chez Simon, a-t-il dit, il fait un sac et on part de chez lui à deux voitures, c'est plus simple pour lui qu'il ait la sienne. Je monterai avec vous pour la route, a-t-il ajouté en revenant vers moi, et Nicole ira de son côté. Oui, très bien, a dit Nicole avec fougue. Alors ? a dit Henri. J'ai failli répondre que je ne savais pas, mais je l'avais déjà fait plusieurs fois dans notre conversation et opportunément une question m'est venue à l'esprit, j'ai dit vous partez combien de jours ? Trois, quatre, peut-être cinq, a dit Henri. Là, j'en étais au même point, j'hésitais toujours à répondre que je ne savais pas, alors qu'il y avait beaucoup de choses que j'ignorais, justement, à commencer par la vraie raison pour laquelle Henri me faisait cette proposition, parce que ou bien il ne me soupçonnait pas et je le trouvais exceptionnellement amical, ou bien il me soupçonnait et je le trouvais d'une duplicité révoltante, qui le poussait à aller me confondre jusque chez sa belle-sœur, et l'autre chose, notamment, que j'ignorais, c'est la raison pour laquelle j'avais l'intention d'accepter sa proposition. Ce que je savais, en revanche, c'est que, si je l'acceptais, je serais en compagnie de mon destin. Et, là où j'en étais, j'étais plutôt pour.

D'accord, ai-je dit.

Je me suis vu les aider, ou chercher à les aider, à débarrasser la table. Laissez, a dit Nicole. J'ai voulu dire un mot pendant qu'ils s'affairaient, mais ça ne venait pas, j'étais soudain très mal à l'aise. J'ai pensé revenir sur ma décision, leur signifier que ce n'était pas la peine, qu'on laissait tomber, mais là non plus aucun mot ne m'est venu. Vous vous demandez ce que vous allez faire là-bas, a dit Henri. Non, c'est très bien, ai-je dit. Parce qu'on a la rivière, a dit Henri. La Virone. Avec la barque en bas du jardin. Vous aimez la pêche ? Je ne pêche pas, ai-je dit, j'ai un problème avec les poissons. Ça vous dégoûte ? a dit Henri. Non, ai-je dit, c'est plutôt les hameçons. On n'est pas obligés de pêcher, a dit Henri. Moi, est intervenue Nicole, je ne pêche pas non plus mais j'aime bien la barque. Vous voyez, a dit Henri, chacun est libre. J'aime assez les rivières, ai-je dit, et j'ai compris qu'en acceptant de les suivre je faisais un faux pas mais que ce n'est pas tant ce qu'Henri avait dans la tête qui m'inquiétait, que la perspective de cohabiter avec lui, avec Nicole, avec la sœur de Nicole, de trouver des sujets de conversation, l'idéal serait que ça se gâte très vite, ai-je pensé, qu'ils me posent trop de questions, que je me coupe et qu'on en finisse. Et en même temps non, ai-je pensé, l'idéal serait peut-être au contraire qu'il ne se passe rien de ce genre, ou qu'on soit au bord de ça, et qu'en attendant je tente de les mettre à l'aise, moi aussi, en m'aidant de leur gentillesse et de leur décontraction. Bref, je ne savais pas quoi faire. J'étais néanmoins satisfait de ne pas rentrer chez moi et d'être, en quelque sorte, à pied d'œuvre. Quand ils ont eu rangé la vaisselle, on est sortis, ils ont fermé la maison et on est montés chacun dans sa voiture. En chemin, avec la leur dans le rétroviseur, je me suis fait la réflexion que, si ma vie quelques jours auparavant avait basculé, aujourd'hui j'entreprenais de la laisser flotter en attendant qu'elle coule. Il y avait tout de même un petit effort à fournir, mais ce n'était rien en comparaison de la perspective de rentrer chez moi. Cependant, je les voyais tous les deux, derrière leur pare-brise, me suivant de près, et j'avais l'impression d'être tout de même très accompagné. Quand je suis arrivé chez moi, je les ai invités à entrer (vous ne connaissez pas la maison, Nicole), mais Nicole a dit non, une autre fois, et je suis entré seul faire mon sac. J'ai pu vérifier, à cette occasion, que la seule idée de ne pas rester dans la maison l'emportait sur tout le reste. Je suis ressorti avec mon sac, et Nicole est sortie de leur voiture. Henri s'était mis au volant. Finalement, a-t-il dit par la vitre, Nicole préfère que je conduise. Pas de problème, ai-je dit, et Nicole est montée avec moi.

Je n'étais évidemment pas très chaud pour voyager deux heures seul avec Nicole, encore que. Elle n'était peut-être pas complice. Elle était agréable. Peut-être folle. Fourville, a-t-elle dit, c'est là qu'on va. On voit des vaches du jardin. C'est une vieille maison, ma sœur l'a achetée avec son deuxième mari, ils étaient journalistes, ils allaient dans des pays en guerre. Ah oui, ai-je dit. Elle a tout laissé tomber, a repris Nicole, du jour au lendemain. Et lui, il y a trois ans, il s'est noyé en mer. Mais j'ai l'impression que Raphaëlle est devenue plus gaie, après sa mort. Je ne vois plus Henri. Vous prendrez à droite au carrefour.

J'ai tourné à droite. Le paysage ne s'est pas modifié tout de suite. Encore beaucoup de cultures céréalières, de silos, toujours énormément de ciel. Puis le trajet s'est fait sinueux, on est passés sous de longues arches boisées, les terres çà et là se sont arrondies. On a vu des bêtes. Je connaissais maintenant assez bien la vie de Nicole. Elle, pas trop encore la mienne. Elle avait cependant posé des questions. Notamment concernant Diane. Si elle me manquait. Elle considérait, visiblement, qu'entre nous tout était fini. Je l'ai plutôt bien pris, eu égard au fait que rien ne l'était quant à ce qui me liait avec Diane côté jardin. Je me suis redemandé si je devais me méfier de Nicole. Si j'avais des raisons pour ça, elle faisait tout pour m'en empêcher. Quant à sa vie, donc, naissance dans la banlieue de Rouen, études secondaires interrompues après la mort de son père, rencontre d'Henri déjà gendarme, maternité, achat du pavillon au Ballu, couture, goût prononcé pour les films d'épouvante. Elle m'avait reparlé de sa sœur. Rien à voir avec sa vie à elle. Sa sœur avait pris des risques, elle. Elle lisait aussi beaucoup, des écrivains morts. J'ai commencé moi aussi à m'y mettre, avait dit Nicole. Thomas Hardy, Victor Hugo, André Gide. André Gide ? avais-je dit. Je l'ai trouvé dans une brocante, avait-elle dit.

De temps en temps, je lui jetais un regard en coin. Beau profil, avec un nez volontaire. Œil clair. On avait déjà roulé une heure, avec peu de blancs. Mon téléphone a sonné. J'avais complètement oublié ce détail. On pouvait m'appeler. Le numéro qui s'affichait ne m'évoquait rien. Excusez-moi, ai-je dit, et je me suis garé sur le bas-côté (je roulais avec la femme d'un gendarme). C'était l'agent immobilier. Je l'ai pris. Ah, bonjour, ai-je dit. Ils sont intéressés, me disait l'agent immobilier. Ils voudraient revoir la maison. Quand ? me suis-je autorisé à demander devant Nicole. Bien sûr, ils voulaient la revoir le plus tôt possible. Pas avant la semaine prochaine, ai-je dit. Nicole affectait de ne pas écouter. C'est embêtant, a dit l'agent immobilier. Là, je n'ai pas voulu entrer dans le détail devant Nicole, j'ai dit que je rappellerais et j'ai raccroché avant de mettre mon téléphone sur vibreur. J'ai redémarré (clignotant à gauche). Délicat, après avoir fait mine de ne pas écouter, de faire comme si on n'avait rien entendu ou, plus précisément, de faire comme si, ayant entendu, on considérait que ça ne nous regarde pas et que le silence s'impose. Silence de Nicole, donc. Excusez-moi, ai-je dit, j'étais un peu obligé de répondre. Pas de problème, a dit Nicole avec le petit geste qu'on connaît. Et de nouveau, silence. Silence de Nicole, surtout. Le mien, au fond, n'était que celui que j'avais morcelé, avant le coup de fil, en le hachant de quelques mots pour répondre à Nicole ou la relancer. Le sien, qui venait d'une personne volubile, se faisait plus lourd. D'autant que, réfléchissant à briser le mien, je cherchais des idées et ne tombais que sur des préoccupations incommunicables, à commencer par le fait que, si l'agent immobilier m'avait appelé, Diane, dont je n'attendais du reste plus rien, pouvait aussi bien le faire. Et alors, me disais-je. Heureusement, on traversait une zone urbanisée avec des choses à lire. Je m'aperçois que je lis de plus en plus mal les panneaux quand c'est écrit en petit, ai-je dit, et on a eu un brin de conversation sur les lunettes. Nicole portait des verres de contact. Les lunettes que j'avais en permanence sur le nez m'allaient bien. J'étais vaguement content qu'on me parle de mes lunettes. On ne m'en parlait plus depuis longtemps.

On n'avait pas revu leur voiture. J'ai imaginé qu'Henri s'était volatilisé. Ou qu'il m'attendait à Fourville sur le perron de sa belle-sœur avec des preuves. Nicole sortait de la voiture et me passait les menottes qu'il lui tendait. Quand on est arrivés à Fourville, la voiture d'Henri était là. La maison se situait en bout de village, le long d'une route peu passante que bordait un pré où broutaient les vaches annoncées par

Nicole. Toujours compliqué, quand on est soucieux, d'être confronté à une telle paix. Le regard, la rumination, la lenteur des mouvements. Au-delà du panneau signalant la sortie de la commune, la route filait en direction d'un tunnel boisé. Il faisait beau. Raphaëlle est apparue avec Henri sur le seuil de la porte. J'ai été frappé de sa ressemblance avec sa sœur. Plus belle, incontestablement. Plus jeune. Plus libre, ai-je pensé. Quelque chose dans le regard qui évoque une conscience, un arrière-plan. Bonjour, a-t-elle dit en me tendant sa main. Et alors seulement Nicole, que Raphaëlle a embrassée, m'a présenté, j'étais un voisin, ainsi qu'un ami, dont l'emploi du temps manquait de définition (il avait quelques jours devant lui, a-t-elle dit, et nulle part où aller, on a pensé avec Henri, mais Henri t'as sûrement dit, oui, a dit Henri, je lui ai dit, enfin on a pensé, a repris Nicole, que ça ne te dérangerait pas, et même que, et là elle s'est arrêtée). Et même que ça me distrairait, a enchaîné Raphaëlle, vous avez eu parfaitement raison, et j'ai noté le *parfaitement*, mais, a-t-elle ajouté à mon intention, je ne vous demanderai pas de me distraire, j'ai suffisamment à faire, je suppose que vous avez faim, et j'ai remarqué, outre l'agréable raucité de sa voix, qu'une table était mise, à droite de l'entrée où nous nous tenions, sur laquelle manquait évidemment un couvert, que Raphaëlle est allée chercher dans un placard après nous avoir invités à nous asseoir dans une autre partie de cette même pièce où étaient disposés des sièges en rotin autour d'une table basse en rotin. Sur une toile de dimensions impressionnantes, au mur, derrière un canapé, se distinguaient des silhouettes en marche aux contours rongés. En s'asseyant, Henri a dit à Raphaëlle tu sais que j'ai rencontré Simon en récupérant à l'accueil de la gendarmerie ton nouveau numéro de téléphone que j'avais noté sur un papier, il était là à déposer et on s'est parlé au-dessus du comptoir, et j'étais moins attentif à l'effet que produisait l'anecdote d'Henri sur les traits de Raphaëlle qu'à celui qu'engendraient sur les traits d'Henri les raisons pour lesquelles il mentionnait cette anecdote, je me demandais précisément pour quelles raisons il mentionnait cette anecdote, raisons qu'en aucune façon, après examen, son expression ne trahissait, tout en m'attendant évidemment à ce que Raphaëlle le relançât sur l'objet de ma déposition puisqu'il n'en avait rien dit, sans doute exprès, me disais-je, pour que Raphaëlle le relançât et qu'il pût répondre à sa curiosité, manœuvre qui me semblait à la fois artificielle et peu compréhensible, Henri ayant aussi bien pu raconter directement et entièrement l'anecdote et évoquer le départ de Diane, mais pourquoi, me disais-je, pourquoi de toute manière jouer avec mes problèmes en ne les évoquant qu'à moitié ou même en les évoquant directement et entièrement en présence de sa belle-sœur, et j'ai d'abord pensé qu'Henri était en fin de compte une sorte de vrai timide qui passait par des biais pour m'amener à parler de moi, du point où j'en étais avec Diane, aujourd'hui, et puis je me suis dit non, il me cherche, il essaie juste de mettre sa belle-sœur dans la confidence pour me mettre à l'aise et m'amollir, il veut banaliser mon histoire, la noyer dans le bavardage de sorte que je relâche complètement mes défenses et que j'en vienne à me faire cueillir au cœur d'une sorte d'indolence, eh bien parfait, me suis-je dit, sauf que Raphaëlle ne relançait pas Henri. Et alors je vais le faire moi, me suis-je dit. Et je ne l'ai pas fait. J'ai observé Henri à la dérobée cependant que Raphaëlle apportait des verres et des bouteilles, il semblait être passé à autre chose, mais pas moi, non plus que Raphaëlle, du reste, qui avait l'air songeuse. J'ignorais pourquoi elle ne relançait pas Henri, moi, dans cette même situation, je le ferais, me suis-je dit, n'importe qui le ferait. Mais elle ne l'a pas relancé. Raphaëlle nous a servi des verres, a poussé vers nous des olives, on a bu à notre santé et Henri a dit Simon n'a même pas vu le jardin. Ni la rivière, a dit Nicole. C'est vrai, a dit Raphaëlle, allons-y avec nos verres, elle s'est levée et on y est allés avec nos verres. Il faisait encore largement jour, le soleil déclinait à peine, on est descendus entre des parterres fleuris, à distance de deux hêtres, d'un saule et d'une tonnelle recouverte de glycine, vers la rangée de peupliers qui marque ici le bord de la rivière. En bas, dans un évasement en creux qui forme une sorte de plage, d'où l'on voyait, sur l'autre rive, entre les peupliers, une vague d'épis qui s'irisait dans la lumière, on s'est approchés de l'eau et j'ai remarqué la barque. On pouvait y tenir à quatre et elle semblait fraîchement repeinte. Alors ? a dit Henri à mon intention, mais je n'ai pas su quoi lui dire, je lui en voulais pour cette histoire d'anecdote tronquée. Pas mal, me suis-je dit. Pas mal que je lui en veuille. Ça va me tenir un moment. Après, on verra.

Après, j'ai cessé de lui en vouloir. J'ai eu peur. Ça m'a occupé, différemment. Au bout d'un moment (on dînait, bien sûr), j'en ai eu assez. J'ai voulu crever l'abcès (ou me rendre, toujours pareil. J'hésitais). Vous n'avez pas dit à Raphaëlle, ai-je dit à Henri, pour quelle raison j'avais fait une déposition à la gendarmerie. Henri s'est frappé le front. (Il est très fort, me suis-je dit.) Simon a eu des problèmes avec sa compagne, a-t-il dit. Elle est partie sans laisser de nouvelles. À la gendarmerie, on lui a expliqué qu'on ne considérait pas ça comme inquiétant, et il faut croire qu'on a bien fait puisqu'on sait maintenant où elle se trouve. On se sépare plus ou moins, ai-je dit à l'intention de Raphaëlle. C'est plutôt la disparition d'un autre médecin qui est inquiétante, a repris Henri. Je dis ça parce que la femme, enfin, l'amie de Simon, est médecin. Ce qui nous fait deux problèmes avec des médecins dans le même secteur, mais je crois que Simon ne connaît pas l'autre médecin. Vous ne le connaissez pas, n'est-ce pas ? m'a demandé Henri. Vous ne me l'avez pas déjà demandé ? ai-je dit. Non, a dit Henri, je vous ai demandé si votre amie le connaissait. Mais maintenant effectivement ça me revient, vous m'avez informé que vous ne le connaissiez pas non plus. Ah oui, ai-je dit, c'est possible, et j'ai jeté un coup d'œil à Raphaëlle, je veux dire que j'ai cherché son regard, à la fois pour savoir ce qu'il y avait dedans et pour éviter celui d'Henri, sauf qu'Henri faisait déjà allusion à la salade de quinoa que Raphaëlle venait de servir en la présentant pour ce qu'elle était, une salade de quinoa avec de petits morceaux de radis et de haddock fumé, ça a l'air bizarre mais ça fait envie, a dit Henri, et Raphaëlle a dit servez-vous en poussant le plat vers Nicole. Quant à ce qu'il y avait dans le regard de Raphaëlle, j'ai considéré que c'était de la sympathie et que j'en avais besoin parce que du côté d'Henri c'était moins évident, impossible de savoir s'il préparait ou non lentement ma mise à mort, et pour ce qui concernait Nicole, qui m'avait touché lors de notre rencontre, disons que je lui faisais des infidélités. Enfin, quant à Diane, elle m'appelait. Je sentais mon téléphone vibrer dans ma poche. Ce que je ne savais pas, c'est si la vibration s'entendait. Puis je l'ai su. J'ai sorti le téléphone de ma poche, j'ai vu que c'était Diane et je me suis excusé. J'ai dit allô, je me suis levé et je suis allé dans le jardin. Je suis désolée pour tout, me disait Diane entre deux cris d'oiseaux. Le soleil s'abaissait, la ligne des peupliers en bas noircissait dans une gangue de lumière. Je viens de me rendre compte que je suis mauvaise. Je me rends compte aussi que je vais le rester. Je sais que j'ai gâché ta vie, je n'ose plus dire notre vie, avec cette histoire. Il faut quand même que je te dise que je ne t'aime plus, Simon. Je ne suis même plus tout à fait sûre de t'avoir aimé, mais au point où j'en suis je ne sais plus grand-chose, sinon que je veux vivre. Et que tu as ce mort sur les bras. Sa femme m'a appelé. Ah oui ? ai-je dit (à ce stade, je préférais m'intéresser à ce genre de détail). Je n'ai pas pu lui dire que je ne connaissais pas son mari, a repris Diane, elle a trouvé notre adresse dans son portable. Enfin, tu le sais, puisque tu l'as vue. Bref, je lui ai dit que j'avais croisé deux fois son mari. Et plus jamais. Elle ne m'a pas crue. Elle a constaté en appelant leur banque, parce qu'elle a appelé leur banque, qu'il avait retiré une grosse somme en liquide deux jours avant sa disparition. Tu n'as pas retrouvé d'argent dans ses poches ? Non, ai-je dit. Pourquoi ? Tu as besoin d'argent ? C'est la bonne nouvelle, en somme, a dit Diane sans relever ma remarque. Comment ça ? ai-je dit. S'il a retiré cet argent, a dit Diane, c'est qu'il avait l'intention de partir, ou en tout cas qu'il avait un projet. Et que, aux yeux de la police, il aura donc disparu pour une bonne raison. Mais il a disparu sans cet argent, ai-je observé. L'important, c'est qu'il l'ait retiré deux jours avant, a dit Diane. Je suis en train de dîner chez des amis, ai-je dit. Quels amis ? a demandé Diane. De nouveaux amis, ai-je répondu. Je dois raccrocher, ai-je ajouté. Je te rappellerai, a dit Diane. Pas la peine, ai-je conclu.

Ils avaient terminé leur quinoa. Excusez-moi, ai-je encore dit, et je me suis remis à table. On a tout notre temps, a dit Raphaëlle. Merci, ai-je dit. Nicole et Henri m'ont regardé finir mon assiette, un peu comme on regarde un enfant quand on est content qu'il mange, cependant que Raphaëlle se levait pour aller à la cuisine. Quand elle en a rapporté un dessert, Henri s'était mis à parler de politique. Je l'ai situé quelque part vers le centre droit. Personne n'a jugé utile de le contredire, on a pris le dessert et on l'a commenté. On a quitté la table pour le café (café pour moi, pour les autres ç'a été tisane), qu'on a bu dans la partie salon, et Henri m'a informé du programme du lendemain. Pêche ? ai-je dit. Non, a dit Henri, on ne va pas vous faire ça. Mais on pourrait descendre la rivière jusqu'à Poigny et retour. Avec des sandwiches. (Pour la première fois, je me suis aperçu qu'il avait les sourcils très fournis, à la manière du méchant dans les films de Charlot, et ça m'a rassuré.) Très bien, ai-je dit. Je ne viendrai pas, a dit Raphaëlle, je dois m'occuper des poules du voisin. Ça n'empêche pas que tu viennes, a dit Nicole. J'ai aussi des courses à faire, a dit Raphaëlle. De toute façon, j'ai mal au dos dans la barque. C'est nouveau, ça, a dit Nicole. Depuis quand ? Tu as vu quelqu'un ?

On a parlé santé. Dans l'ensemble, à part quelques douleurs, on se portait tous à peu près bien. Raphaëlle par ailleurs n'utilisait plus la barque depuis six mois. C'est toutefois elle qui l'avait repeinte. Je l'ai imaginée seule avec sa barque repeinte par ses soins et dans laquelle elle ne montait plus et je me suis ému, je suis ému, me suis-je dit, par cette femme seule avec sa barque où elle ne monte plus mais qu'elle a repeinte, et qui dit *parfaitement,* et qui me regarde dans les yeux quand Henri dit qu'il m'a rencontré à la gendarmerie et qu'il évoque ma séparation d'avec Diane, et qui va nourrir les poules du voisin, et qui a été intrépide. À elle, ai-je pensé, avant de me rappeler qu'elle était la belle-sœur d'un gendarme, je pourrais peut-être parler. Avec elle en tout cas je partagerais volontiers mes silences, ai-je corrigé. On pourrait aller s'asseoir dehors, a dit Henri, il fait encore chaud et regardez cette lumière. Il tournait la tête vers l'ouest, où s'ouvrait une fenêtre par quoi le jardin éblouissait, dans le concert sans pause des oiseaux. Raphaëlle m'a regardé de nouveau, comme si de mon avis dépendait le fait qu'on sorte ou non. Pourquoi pas ? ai-je dit, mais je n'ai pas bougé, j'ai seulement suivi quand elle s'est levée avec les deux autres, et on s'est installés sur les chaises qui étaient là dehors, tournées face à la rivière. Simon est conférencier, a dit Henri, il est spécialiste du Moyen Age. Pas spécialiste, ai-je dit, c'est une période que j'ai privilégiée mais je ne suis pas spécialiste, non. J'ai fait des études d'histoire, c'est tout. C'est bien, a dit Raphaëlle. Moi, ça m'intéresse spécialement, le Moyen Age, a dit Henri. Moi aussi, ai-je dit, bien sûr. Ce que je veux dire, c'est que, et Nicole m'a coupé la parole. Vous êtes très pâle, Simon, ou je me trompe ? a-t-elle dit d'un air soudain alarmé. Ça ne va pas ? Heu, ai-je dit, non, ça va. Je suis pâle ? ai-je demandé à la cantonade. Henri m'a regardé. Raphaëlle m'a regardé. Nicole a continué de me regarder. C'était peut-être un reflet, a-t-elle conclu en clignant des yeux. Excusez-moi. Bon, ai-je dit, on ne va peut-être pas parler de moi tout le temps, racontez-moi plutôt ce que vous faites, vous, Raphaëlle. Oh, a dit Raphaëlle, et je me suis souvenu que Nicole m'avait confié que sa sœur était devenue plus gaie après la mort de son mari, et j'ai cherché chez elle des signes de cette gaieté, je les cherchais depuis un moment, même, oh, a-t-elle dit, j'ai pas mal voyagé et maintenant je m'occupe du jardin et je lis, rien d'extraordinaire, je vieillis, vous exagérez, ai-je dit, et j'ai pensé à Diane, à ce qu'elle était, à ce que j'éprouvais pour elle il y avait encore quinze jours, et me voilà, ai-je songé, face à cette femme dont la beauté résiste dans le regard et dans les gestes et ailleurs cède, recule là où la volonté n'a pas les moyens de s'exercer, me voilà face à cette femme qui continue de m'émouvoir (surtout sa voix, me suis-je dit) malgré les deux autres, là, que j'ai suivis et qui agissent maintenant à la manière d'un filtre, comme un empêchement de voir où j'en serais s'ils n'étaient pas là, probablement nulle part, me suis-je dit, je n'ai rien à dire à cette femme ni à personne, rien à éprouver, en définitive, ou alors si, ai-je pensé fugitivement, tout à éprouver, tout ce que je n'ai plus en moi à ramasser comme une chose tombée dans le stupide espoir d'une greffe, je peux peut-être vous montrer votre chambre, a dit Raphaëlle, je veux dire qu'il y a une chambre pour vous et que je vais me coucher tôt, vous venez ?

Elle s'est levée. Je l'ai suivie avec mon sac. J'ai jeté aux deux autres un regard qui ne signifiait pas grand-chose de clair, de sorte que ç'a été un regard bref, où se sont mêlés des sens multiples et contradictoires, à la fois une sorte d'excuse de les quitter alors que je ne les quittais pas, non plus que Raphaëlle, puisque nous allions tous les deux redescendre (nous montions à l'étage), et une sorte de remerciement, mais ce n'était pas exactement ça, pour le privilège dont je leur étais redevable, prendre possession, dans un lieu dont l'hôtesse, qui m'était parfaitement étrangère, me traitait en invité de marque, allant jusqu'à m'offrir le luxe d'un aparté (puisque, là-haut, nous échangerions quelques mots), l'ensemble pouvant se synthétiser comme la liberté que je prenais de mettre entre eux et moi une distance soudaine, que n'autorisait pas l'extrême jeunesse de notre relation.

Raphaëlle m'a conduit dans un couloir qui distribuait trois chambres, m'a ouvert la dernière, au fond, et m'a dit voilà, vous avez des draps dans l'armoire. La fenêtre donnait sur le jardin et sur la rivière. Ça ira ? m'a-t-elle demandé. Évidemment, ai-je dit, j'arrive chez vous sans prévenir et vous m'installez ici, avec cette vue, je ne sais pas quoi dire. Pourquoi êtes-vous venu ? a dit Raphaëlle. Elle s'est assise au bord du lit, lequel s'est à peine creusé sous son poids, et je me suis retrouvé debout face à elle. Je ne me suis pas autorisé, au prétexte qu'elle s'était assise, à prendre la chaise qui était là, tendue de tissu jaune avec des clous dorés, je suis resté debout et je n'ai pas répondu tout de suite parce que sa question n'était pas simple, ni sa manière de la poser, en l'appuyant de ce regard aigu, comme si je lui avais caché quelque chose. Mais ce n'était pas tant un tel soupçon chez elle qui me troublait que sa décision de le formuler aussi directement, avec cette intimité violente. Ils m'ont invité, ai-je répondu en sachant parfaitement que ce n'était pas ce qu'elle attendait que je dise. J'ignorais ce qu'elle attendait. Je comprends que vous ayez des problèmes, a dit Raphaëlle, mais je comprends moins que vous soyez venu ici, avec eux. Henri est gendarme. Et, à ma connaissance, il ne s'est jamais intéressé au Moyen Âge.

Vraiment ? ai-je dit.

Vraiment.

Peut-être qu'il ne vous en a jamais parlé.

Demandez-le-lui.

Je ne veux pas l'embarrasser, ai-je dit. Ni le tester. En fait, la question que vous vous posez, ce n'est pas pourquoi je suis venu. C'est pourquoi lui m'a proposé de venir.

Je me pose ces deux questions, a dit Raphaëlle. On va redescendre, maintenant.

Elle s'est levée du lit. On a descendu l'escalier.

Mais ne vous inquiétez pas, m'a-t-elle dit avant que nous retournions au jardin.

Quand on est redescendus, Henri a tout de suite dit qu'ils allaient se coucher, on a échangé quelques civilités, puis je me suis retrouvé seul avec Raphaëlle qui m'a dit ne vous gênez pas pour moi, montez, si vous voulez. J'ai dit que ça pouvait attendre, à quoi je n'ai su qu'ajouter parce que nous étions debout dehors devant les chaises avec ce début d'échange qui réclamait forcément une suite, faute de quoi il nous faudrait assumer de l'interrompre alors qu'il ne contenait encore à peu près rien et que ç'eût été alors admettre sa vacuité. Nous n'étions visiblement pas, en ces instants, Raphaëlle et moi, à la hauteur de ce que nous semblions nous promettre en matière de mots, voire d'idées, et il en résultait de mon côté une gêne dont j'ai vite apprécié qu'elle la partageât avec moi à force de silences, ce qui me permettait moi-même d'exprimer assez librement mon embarras. Nous avons en tout cas commencé de communiquer de cette manière, et, comme nous n'étions plus des enfants, nous avons poursuivi en abordant courageusement des banalités. D'abord debout près des chaises, puis en descendant lentement le jardin vers la rivière, où ç'a été la vie à la campagne qui l'a emporté dans notre conversation au demeurant lâche, qu'habitaient maintenant plutôt naturellement les blancs qui s'y glissaient.

Il y a eu aussi le thème de l'isolement, concernant Raphaëlle, que je me suis permis d'aborder comme une question neutre, sans le nommer, bien sûr, en lui demandant si, dans cette maison en bout de village, elle n'avait pas peur. Non, a-t-elle dit, il y a longtemps que j'ai cessé d'avoir peur de quoi que ce soit, et puis j'ai l'ermite, et elle a précisé qui était l'ermite, un homme qui, bien qu'il effrayât tout le village, lui donnait à elle l'impression qu'il la protégeait. Mais je ne serai pas toujours seule, a-t-elle ajouté, quoique je n'eusse pas prononcé ce mot. J'ai confiance dans la suite des choses.

Nous nous tenions alors au bord de la rivière, nous apprêtant à remonter vers la maison (car nous n'en étions pas à nous attarder volontairement, par exemple en nous asseyant dans l'herbe face au courant où jaillissaient çà et là d'éphémères éclats argentés et, au-delà, face à la sombre étendue des champs), et l'évocation qu'elle venait de faire de l'avenir a résonné en moi comme une sentence, à tout le moins à cet instant j'ai senti Raphaëlle loin, de l'autre côté de quelque chose qu'il m'était impossible de franchir. J'ai voulu lui répondre, je n'ai pas pu, et nous sommes remontés, de nouveau silencieux, avant qu'elle me dise, comme nous atteignions la maison, essayez de rester calme, à quoi j'ai répondu mais ça va, ça va, merci, et nous nous sommes quittés en haut de l'escalier après un infime temps d'arrêt et les deux mots d'usage.

Je me suis endormi dans une sensation de dépaysement telle que je me suis éveillé aussitôt après, découvrant les murs ombreux de la chambre en y cherchant le rectangle de la fenêtre, et je me suis finalement rendormi en me disant que là où j'étais, désormais, j'étais de toute façon ailleurs. Au matin, éveil incertain, toutefois, où, bien que je me sentisse toujours ailleurs, j'ai eu l'impression fugitive, en apercevant mon sac sur le sol de la chambre, de m'y être installé. Je suis descendu prendre un café dans la cuisine et je suis tombé sur Raphaëlle, qui se révélait matinale. Il y avait des bols sur la table et, comme il m'a toujours été impossible de boire mon café le matin dans un bol, je lui ai demandé si elle n'aurait pas plutôt une tasse. Une petite tasse, ai-je précisé. Raphaëlle a souri, est partie en quête d'une petite tasse, et je lui ai expliqué que je buvais plusieurs petites tasses de café le matin plutôt qu'une grande, sur quoi elle m'a demandé si j'avais beaucoup de manies de ce genre, et je lui ai répondu que oui, sans doute, mais que je n'en avais pas la liste en tête. Peut-être pas non plus la conscience, a-t-elle dit. Non, ai-je dit, peut-être pas non plus la conscience. Elle souriait toujours, et j'ai commencé à craindre qu'elle ne sourie un peu trop souvent, car, lorsque les gens sourient trop souvent, me suis-je souvenu, ils ont tendance, dans certaines phases, à sourire continûment, ce qui finit par porter sur les nerfs, mais surtout, après avoir éprouvé cette crainte, que Raphaëlle puisse en venir à sourire continûment, je me suis étonné de l'éprouver puisque a priori il me suffisait, si jamais ça se produisait, de m'arranger pour ne pas me trouver avec elle. Cependant, Raphaëlle avait cessé de sourire, qui se beurrait une tartine d'un air concentré, et Henri, en bermuda et baskets, faisait son apparition dans la cuisine. Il nous saluait, repérait le matériel nécessaire au petit déjeuner, entrait en activité pour la préparation du sien et visiblement pour celui de Nicole, qui arrivait à son tour, en bermuda et baskets, bientôt tous trois trempaient leurs tartines tandis que je me versais une troisième tasse de café, séquence au cours de laquelle nous fîmes un bref point sur l'emploi du temps du jour, que nous connaissions mais que nous commentâmes tout de même en l'ornant de quelques adjectifs auguraux (beau, pour le temps, agréable, ainsi irait notre promenade sur l'eau, mixtes, s'agissant des sandwiches, mais j'ai aussi des rillettes, a précisé Raphaëlle). Nous nous sommes dispersés, qui en direction d'une salle de bains, qui d'une chambre, puis je me suis retrouvé en bas avec Henri et Nicole, Raphaëlle n'était pas descendue. Préparation des sandwiches, glacière, Raphaëlle n'était toujours pas descendue, on l'a attendue, et il semblait qu'en l'attendant avec Nicole et Henri nous observions ces instants de concentration et de silence qui précèdent toute épreuve au sens sportif, dans une acception large de ce terme, ou peut-être tout changement, cependant Raphaëlle ne se montrait pas et Henri a dit je crois qu'on ne va pas l'attendre, chacun son rythme, non ? Oui, oui, a dit Nicole, on y va, et je me suis demandé quelle mouche la piquait, quel enthousiasme réel la poussait à faire de la barque, le fait est que nous sommes allés vers la rivière sans attendre Raphaëlle et que j'ai vécu ce départ comme une impolitesse, en tout cas en ce qui me concernait.

Henri a posé un pied sur le plat-bord de la barque après m'avoir confié la glacière, qu'il m'a demandé de lui tendre une fois qu'il s'est stabilisé sur le fond. La barque a tangué légèrement lorsque, pour récupérer la glacière, il a exécuté une sorte de bref entrechat, puis Nicole a lancé une jambe vers l'avant cependant que je lui tenais un bras et qu'Henri l'attrapait par l'autre. La barque a tangué lourdement, Nicole s'est libérée de nos mains et s'est, seule, stabilisée à son tour, quoique en position assise et assez brutalement. C'était à moi, maintenant, et, de même qu'au tennis j'avais été partagé entre la volonté de faire bonne figure devant Henri et celle de le ménager, de même, si mon enjambée en direction du plat-bord s'est révélée plutôt altière, les bras libres et souples le long du corps, ma réception s'est accompagnée d'un battement de bras dont l'inélégance n'était peut-être pas entièrement due à la recherche de mon équilibre. La vérité est que j'ai en effet cherché mon équilibre mais que, alors que je me sentais près de le trouver, j'ai exécuté quelques moulinets supplémentaires, le temps qu'Henri me tende une main que je n'ai finalement pas saisie de crainte d'en faire trop. Je me suis rendu compte, quand Nicole se fut assise à la poupe, et alors que rien n'avait encore été déterminé quant à la place que j'étais censé occuper (j'étais donc encore debout), qu'Henri s'était assis au centre, de façon à prendre les rames. Je me suis par conséquent retrouvé à la proue, dos à la marche, comme Henri, dont les puissantes épaules et la tête me cachaient tout ou partie de Nicole et en particulier sa physionomie, et j'ai constaté que nous avancions dans le sens du courant, anticipant qu'au retour, contre le courant, donc, Henri me confierait peut-être les rames, mais je ne me suis pas attardé sur ce point. J'ai même, de fait, éloigné de mes pensées toute anticipation et choisi de me consacrer à l'instant, moins pour en jouir, naturellement, que pour m'y immerger dans l'oubli du reste. L'instant, au demeurant, s'est révélé plein de l'effort d'Henri et de la vision que j'en avais, de larges épaules de gendarme qui, dans leur roulement, m'emmenaient vers mon destin en marche arrière, au fil de l'eau, toutefois, dans la contemplation de quoi j'ai tenté de m'absorber, m'attardant notamment sur ce qui flottait, herbes étirées en surface par le courant, débris de bois qui malheureusement me rappelaient celui de la balustrade, puis sur ce qui ne flottait pas, irisations diverses, ombres mouvantes, tout en tentant de m'intéresser à la fuite des peupliers sous les coups de rame d'Henri, fuite dont le rendu, en dépit d'une honnête vitesse, se situait tout de même un peu en deçà du brossage, et au gré de laquelle j'observais aussi le hachurage des champs, où s'insérait parfois un tracteur. La rive, cependant, du côté de la maison, devenait maintenant plus laide, la litanie des peupliers et ma position dos à la marche commençaient à me peser, et, en dépit de la sensation que j'éprouvais de m'être livré pieds et poings liés à Henri, en dépit de l'appréhension qui en résultait, je constatais que peu à peu j'étais investi par l'ennui, avec, en l'espèce, cette conscience décevante que la barque, comme moyen de transport, se révélait moins convaincante que comme élément de décor, à la rigueur flottant au bout de son amarre mais tout aussi bien renversée sur le sol ferme, la coque en l'air, offerte à l'imagination. Je ne voyais toujours pas Nicole, que me masquait Henri, et j'étais dans l'impossibilité de connaître son humeur. Henri souquait silencieusement, je n'entendais que sa respiration et le choc intermittent des rames dans leurs fixations, il semblait que pour lui comme pour sa femme la promenade pouvait se passer de commentaires, probablement en raison même de son intérêt (susceptible, ai-je supposé, de leur point de vue, de nous mobiliser jusqu'à la fascination), et j'eusse volontiers dit quelque chose si m'était venue la moindre idée adaptée aux conversations en barque en général et en particulier à bord de cette barque-là, au fil de cette rivière-là, mais, excepté l'idée d'un arrêt pour le déjeuner, il ne m'en venait pas, et j'ai dû attendre que cet arrêt se concrétise, à l'instigation de Nicole (qui nous a fait part de la faim aiguisée qu'elle éprouvait en dépit de l'heure et dont j'ai alors entendu la voix dans le clapot), pour voir le visage de mes compagnons de promenade. La rive à laquelle Henri s'est amarré avait le mérite de comporter une partie plate, avec suffisamment d'herbe, mais elle n'était en rien comparable, en matière de séduction, au bout du jardin de Raphaëlle, de sorte que ma préférence pour la barque amarrée se combinait maintenant avec la contrariante perspective de pique-niquer ailleurs que dans ce bout de jardin, tous éléments qui, en fait d'excursion, militaient en faveur de l'immobilité. Comme nous ne nous étions pas vus depuis le départ, nous nous sommes regardés, nous redécouvrant, en somme, mais, sans doute en raison du silence qui avait précédé, en silence, toujours, quoique dans un silence d'une autre sorte, habité par quelques mouvements de délassement et une autre sorte d'affairement, autour de la glacière. Nous nous sommes assis, bien que je n'aime pas trop m'asseoir par terre, et, faute de trouver un gros caillou ou quelque extumescence en guise de siège, je me suis levé avec mon sandwich, répondant aux questions d'Henri quant à mes impressions sur la promenade. J'ai enrobé mes réponses comme j'ai pu, croisant à plusieurs reprises son regard en tentant d'y surprendre un arrière-plan, mais Henri avait l'air bonhomme, cependant que Nicole, elle, fixait une manche de son chemisier comme si elle cherchait à y voir une tache ou une miette et ne regardait rien d'autre à l'exception, régulièrement et tout aussi fixement, de l'eau filante de la rivière. On va pousser jusqu'au moulin et revenir, a dit Henri en me tendant une bouteille de vin et un tire-bouchon, comme s'il souhaitait me voir participer à ce qu'il ne pouvait manquer de considérer comme un moment de détente et de joyeux briefing, ce sera un peu plus long au retour, forcément, mais on a tout le temps, non ? Si, ai-je dit, et j'ai débouché vaillamment la bouteille en réfléchissant à cette allusion au temps, m'interrogeant notamment quant à la manière dont Henri m'associait à lui dans ce registre, quant à la façon dont il comptait m'accompagner sur le long terme, et je me suis senti tout à coup vertigineusement vieillir, ou encore m'avancer les yeux clos en direction d'un gouffre, et je nous ai versé trois verres de vin dans des verres en verre, pour lesquels j'ai félicité Henri et Nicole, laquelle m'a souri extraordinairement et en quelque sorte passivement, comme si on lui avait écarté la bouche de l'intérieur. Au dessert, nous avions des abricots et du crumble sous vide, et plus tard du café sorti d'un Thermos, servi dans de vraies tasses, après quoi j'eusse bien imaginé une sieste, afin surtout d'oublier ce que je fabriquais là, mais Henri a repris les rames. C'est en arrivant au niveau du moulin, et alors que nous nous en approchions au point (mais je n'ai rien dit) d'en gâcher la perspective, que j'ai senti la barque osciller et que j'ai vu, au-dessus de la tête d'Henri, paraître celle de Nicole, qui manifestement venait de se lever et qui, cependant qu'Henri silencieux tentait de stabiliser la barque, s'est mise à bouger tout doucement et, au moyen d'un petit harmonica qu'elle venait de s'insérer entre les lèvres, à jouer un air qu'il m'a semblé pouvoir situer quelque part dans le répertoire de la chanson réaliste des années quarante. La barque, malgré les efforts d'Henri et les miens (je maintenais mes deux mains en appui sur les plats-bords), continuait d'osciller et Nicole de jouer en conservant son équilibre mais aussi en bougeant tout doucement, et je me suis étonné qu'Henri ne fît rien pour l'interrompre, peut-être habitué à de telles séquences, qui eussent systématiquement émaillé les promenades en barque avec sa femme, quoiqu'il ne parût pas le moins du monde enchanté, je le sentais plutôt crispé, voire inquiet, peut-être, me suis-je dit, est-il convenu entre eux qu'il laisse Nicole aller jusqu'au bout de son air, et dans ces conditions il s'agit de combien de couplets, mais j'identifiais insuffisamment la chanson pour en faire le compte (quoique j'en recherchasse les paroles, dont aucune ne me revenait), et, alors que Nicole, comme elle amorçait le deuxième refrain, esquissait un pas de côté, emportée par son rythme, j'ai cru que malgré les efforts d'Henri et les miens la barque basculait, mais non, c'était Nicole, qui glissait, basculant bel et bien sur sa droite, sans toutefois lâcher son harmonica qu'elle a serré dans sa main gauche, et, tandis qu'Henri s'arrêtait de ramer, j'ai constaté qu'à cet endroit de la rivière nous étions pris dans un courant transversal et que Nicole, qui venait d'y tomber, s'éloignait, surnageant difficilement, l'harmonica inexplicablement serré dans sa main gauche, la tête plongeant à plusieurs reprises. Et, à ce moment seulement, Henri, qui me tournait toujours le dos et avec qui je n'avais encore rien échangé sur ce qui se passait, et dont la voix ne s'était pas encore fait entendre, en aucune manière, non plus que la mienne, bien que j'eusse ouvert la bouche pour le faire, alors seulement Henri a dégagé une rame de sa fixation pour la tendre à sa femme. Mais, cependant que Nicole tendait sa main libre vers l'extrémité de la rame, qu'elle la manquait et qu'elle lâchait enfin son harmonica, son œil agrandi exprimant tardivement quelque chose qui pouvait être de la peur, j'ai observé qu'Henri, qui tendait toujours la rame vers elle, la tendait un peu comme une canne à pêche, dans une sorte d'attente passive, et j'ai crié qu'est-ce que vous faites ? à quoi Henri n'a rien répondu, qui m'a adressé un regard interdit, où se lisait toute forme possible d'impuissance, atteindre Nicole avec sa rame, changer de tactique ou simplement me répondre, et, comme Nicole s'immergeait un peu plus longuement et qu'elle était trop éloignée maintenant pour que la rame insuffisamment tendue pût constituer une solution de sauvetage, j'ai plongé. Je suis un nageur moyen et je manquais d'entraînement, mais j'ai nagé ferme, nous dérivions tous deux dans le courant et nous nous efforcions de nous rapprocher, quoiqu'elle luttât faiblement pour se freiner, cherchant moins à réduire ce qui nous séparait d'eau qu'à aspirer de l'air, et j'ai, en proie à l'épuisement, tout de même atteint son bras gauche, passant sous elle pour la tirer, puis coulé avec elle. Je l'ai lâchée pour reprendre de l'air puis ressaisie, cette fois en la tirant d'un seul bras dans une sorte de très approximative nage indienne, si bien que nous coulions l'un et l'autre par intermittence, quoique nous rapprochant ou croyant, pour ma part, que nous nous rapprochions de la barque. J'ignore d'où me venait cet espoir, quand j'eusse aussi bien pu, par lassitude, nous laisser sombrer, mais peut-être, ai-je pensé plus tard, quand nous fûmes tous deux saufs, avais-je résolu de tout faire pour parvenir au bout de ma tentative, afin de passer une manière de cap, mais, surtout, Henri de son côté réagissait enfin, qui ramait vigoureusement dans notre direction et qui, alors qu'il ramait encore, nous a percutés avec la barque dont j'ai amorti le choc de ma main libre tout en coulant sans lâcher Nicole, saisissant dans l'eau la rame qu'Henri s'était décidé à y plonger au risque de nous en donner un coup, et qu'il tirait à lui. Je me suis, avec son aidc, hissé sur le plat-bord, lâchant Nicole dont j'ai cru un instant qu'elle flottait derrière moi comme un poisson mort, puis j'ai compris que c'était là la manière qu'elle avait eue de remonter à la surface, malmenée par le courant, trouvant immédiatement après la force d'attraper la rame d'Henri, ensuite de quoi c'est lui seul qui l'a aidée à remonter tandis que je m'allongeais sur le fond de la barque en recrachant de l'eau. Ç'a donc été le tour de Nicole, à qui j'ai cédé ma place en réoccupant celle qui m'avait échu à la proue, l'observant rejeter de l'eau dans la même position, Henri lui appuyant sur le ventre par pressions répétées, obtenant ainsi plusieurs successifs petits geysers qui retombaient en cloche sur le visage bleui de sa femme. Quand elle a eu cessé de rejeter de l'eau, il a fallu quelques minutes pour qu'elle en vienne à esquisser le mouvement de s'asseoir, ce qu'elle a fait avec l'aide d'Henri cependant que nous continuions de dériver dans le courant, dépassant largement le moulin qui s'éloignait sur notre gauche, et j'ai noté que, alors qu'elle se remettait à peine, assise à la poupe les jambes jointes et les mains posées sur les genoux comme si elle cherchait, avant de s'en resservir de façon plus fluide, à se ressouvenir de son corps, et bien sûr à retrouver ses esprits, j'ai noté qu'Henri, à voix basse, craignant sans doute que je ne l'entende (mais je l'entendais, et je retraduis à peu près), lui reprochait vertement son imprudence, son inconséquence, son incorrigible propension à se mettre en difficulté dans les situations qui justement s'y prêtaient, soucieuse qu'elle était d'exploiter systématiquement ces situations pour créer des problèmes, tu es insupportable, a-t-il dit très distinctement, et je me suis demandé si dans un tel adjectif se glissait un peu de cet amour qu'on pouvait supposer mais qu'il était impossible de déceler dans le regard froid que je lui avais vu parce qu'il l'avait conservé en le tournant brièvement vers moi pour le lester avec à peine plus de succès, mais tout de même, de la dose de reconnaissance qui m'était objectivement due. Après cet épisode, évidemment, il a fallu accoster (on ne voyait plus du tout le moulin) et, de là, attendre un peu (nous séchions très vite, Nicole et moi, sous un soleil presque accablant) avant de repartir dans l'autre sens. Il y aurait bien la solution que Raphaëlle vienne nous récupérer avec la voiture, a monologué Henri, mais il faudrait trouver un chemin qui mène à une route, et je n'en vois pas. Nicole, donc, ne répondait rien, digérant notamment, j'imagine, la perte de son harmonica, sur laquelle elle avait visiblement décidé de ne pas souffler mot, et, quant à moi, j'aurais préféré la solution la plus simple. Nous sommes donc repartis dans les mêmes positions qu'à l'aller, Henri aux rames ne rechignant nullement à la tâche, battant je suppose sa coulpe puisque à aucun moment il n'a tenté de refaire la leçon à sa femme, observant un mutisme qui pouvait aussi bien s'adresser à lui-même. Silence, silence, donc, sur ce chemin du retour, où ne s'entendaient que des bruits d'eau, d'oiseaux et de respiration, et, quand nous eûmes accosté, au bout du jardin de Raphaëlle, puis que nous en eûmes atteint le haut, Henri et moi nous sommes affalés dans les transats qui étaient là. Nicole est restée un instant debout face à nous, nous considérant d'un regard apparemment neutre, puis elle a dit merci, Simon, maintenant je crois que j'ai besoin d'un peu de repos, et, inexplicablement, elle a repris la direction de la rivière. Henri, qui, la tête renversée dans son transat, avait les yeux fermés, les a ouverts pour les poser sur le dos de sa femme, qui s'éloignait. Je ne sais pas ce qui m'a pris, a-t-il dit. Il faut croire, a-t-il ajouté, qu'il nous arrive de faire des choses incompréhensibles, non ? Sans doute, ai-je dit. Même longtemps après on ne comprend toujours pas, a dit Henri. Oui, ai-je dit, mais à aucun moment je n'avais croisé son regard.

Nicole est revenue vers nous assez vite, et, bien qu'avec la chaleur nos vêtements eussent pratiquement séché sur nous, elle et moi sommes allés nous changer. Je me suis donc retrouvé seul dans ma chambre, où j'ai décidé toutefois de ne pas m'attarder, craignant de manifester ainsi une indépendance certes admissible aux yeux du couple, mais aussi, notamment aux yeux d'Henri, un quant-à-soi qui, après ce qui venait de se passer, pouvait évoquer un besoin de retrait et de réflexion, ce dont je préférais qu'il ne fît pas l'hypothèse. De retrait, de toute façon, je n'avais guère besoin – si j'étais venu là, c'était pour des raisons exactement inverses –, mais, quant à la réflexion, évidemment, même en ménageant Henri par ma promptitude à me changer et à revenir vers lui, qui était apparemment resté dans le jardin, je pouvais difficilement en faire l'économie. En vérité, si je réfléchissais, je ne disposais pas d'éléments assez structurants pour expliquer sa conduite – je ne parle même pas de celle de Nicole, qui pouvait être à peu près, en effet, et comme on dit, folle –, laquelle venait légèrement compliquer mes interrogations sur ce qu'il pouvait bien avoir derrière la tête me concernant en y mêlant ce qu'il pouvait bien avoir dedans d'une façon globale, à savoir en me posant le problème de sa personne, qui pouvait en effet relever d'une complexité hors de portée de mes capacités d'analyse. Il n'en restait pas moins, sur un autre plan, que j'avais plutôt plus que moins sauvé sa femme de la noyade, et que j'ignorais – loin de moi au demeurant l'idée de lui poser la question – ce qu'il en pensait, s'il en était plutôt content, plutôt pas si content que ça, plutôt extrêmement content ou plutôt franchement contrarié. Je suis donc, vêtu de propre, revenu au jardin (Raphaëlle n'était pas rentrée, visiblement), et j'y ai cherché Henri puisqu'il avait quitté son transat. Je l'ai rapidement aperçu devant le potager, et même penché sur le potager, et, comme j'avais décidé de le rejoindre, je n'ai pas attendu qu'il s'en éloigne, ce qui m'obligeait à arriver derrière lui, qui était toujours penché (il m'avait manifestement entendu venir mais ne se retournait pas), et à aborder non le sujet des haricots verts, à distance de quoi il se tenait, mais bel et bien celui, que j'estimais brûlant, des tomates, sur lesquelles il avait pratiquement le nez. Mais je n'en ai pas eu l'occasion. C'est lui qui a dit sans me regarder mais en se redressant remarquez, c'est peut-être la terre qui est meilleure ici que dans votre potager, et il a vivement frotté ses mains l'une contre l'autre pour en ôter la terre qu'il venait de malaxer. Nicole n'est pas redescendue ? ai-je dit. Ne pensez plus à Nicole, a-t-il dit, elle est solide. Ou c'est peut-être depuis le départ de votre amie, a-t-il ajouté, je veux dire vous n'avez peut-être plus beaucoup touché à votre jardin. Plus beaucoup, non, c'est vrai, ai-je dit. Je m'étais évidemment figé avant de lui répondre, et c'était maintenant que j'entendais mon cœur battre. Pour m'apaiser, je me suis demandé si je devais m'offusquer de ce qu'il ne me remerciait en rien pour sa femme et de ce qu'il ne la plaignait en rien, de toute façon je ne vais sans doute pas rester, ai-je dit comme si c'était avec lui que je ne voulais pas rester et je l'ai même pensé très fort mais ce n'est pas ce que j'ai dit ni ce que j'ai fait, j'ai dit je ne vais sans doute pas rester dans le sens ne pas rester chez moi et je suis resté avec lui. Et donc vous avez un projet ? a demandé Henri, et nous nous dirigions maintenant en biais sur la légère pente du jardin de Raphaëlle, nous arrivions en vue d'un groupe de vieux frênes, qui couvraient une belle surface de leur ombre, où, sur un arbuste poussé dans un étroit puits de lumière (l'un des arbres avait apparemment perdu une grosse branche), venaient de se poser trois papillons dont je me suis demandé si, dans certaines conditions, ils auraient pu légèrement modifier l'ambiance, mais, comme je répondais à Henri que j'étais séparé de Diane et que j'allais sans doute vendre la maison, ils se sont envolés. Ah oui ? a dit Henri. Mais ça m'intéresse, je l'aime beaucoup, moi, cette maison. Vraiment ? ai-je dit. Je n'aime pas la mienne, en fait, a dit Henri, et nous nous maintenions dans l'ombre des frênes parce qu'il venait de s'arrêter de marcher. Et Nicole ? ai-je dit. Nicole de toute façon me suivra, a-t-il dit, ce qui compte, pour elle, c'est ce qu'elle peut mettre dedans, et elle l'a déjà. Alors que moi c'est plutôt le bâti, vous voyez ? Oui, ai-je dit. Les murs, a dit Henri, les vieux murs. Et le jardin, évidemment. C'est-à-dire, ai-je dit, qu'il y a des gens qui sont déjà intéressés. Comment ça ? a dit Henri. Ils ont fait une offre ? Oui, enfin, non, ai-je dit, mais je ne m'attendais pas à ce que vous. Mon père avait une ferme, a dit Henri. Je ne sais pas pourquoi j'ai acheté ce pavillon au Ballu, je n'y ai pas fait beaucoup d'aménagements, d'ailleurs. Avec votre maison, par contre, j'imagine assez bien des choses. Nicole est apparue au loin, nous a vus, a hésité à venir vers nous et je me suis demandé si, après ce qui s'était passé avec Henri, et secondairement avec moi, elle appréhendait de reprendre contact. Tu sais quoi ? a dit Henri comme finalement elle nous rejoignait, Simon vend sa maison. Nicole a froncé les sourcils comme si elle constatait qu'on avait brutalement changé de registre et qu'elle cherchait à s'adapter, et à ce moment on a entendu un bruit de moteur, immédiatement suivi de sa coupure. Là-bas, devant le portail, Raphaëlle descendait de sa voiture, se dirigeait vers son coffre, en sortait des sacs. On est allés l'aider et on est remontés ensemble vers la maison où, dans la cuisine, on a trié et rangé les courses, cependant que Simone, qui avait l'air parfaitement remise, maintenant (peut-être qu'elle a une certaine expérience de la noyade, ai-je pensé, ce qui expliquerait d'ailleurs qu'Henri l'ait déjà sauvée et qu'il ait décidé cette fois de ne pas faire de zèle), évoquait pour le lendemain la possibilité d'une promenade sur le plateau (jusqu'au réservoir, a-t-elle précisé, on peut monter dessus et voir toute la campagne) et que Raphaëlle, de son côté, évoquait pour le lendemain une fête au donjon chez les Pajol. Qui sont les Pajol ? ai-je demandé. Des gens qui ont racheté un château dont il ne restait presque rien, m'a expliqué Raphaëlle, à l'exception de ce donjon, et ils ont fait rebâtir tout autour dans l'esprit du XVIe, ce qui ne les a pas empêchés de prévoir une piscine et un tennis, ils ne sont pas désagréables, vous verrez, malgré tout leur argent ils sont même assez discrets, à part peut-être les robes de Cécile Pajol, a-t-elle précisé, les robes de Cécile Pajol sont en général un peu trop roses, avec un peu trop de volants, pour le reste Charles Pajol travaille dans la pierre, il vend justement de cette pierre dont il a fait rebâtir le château, enfin ne vous inquiétez pas, mais arrêtez de penser tout le temps que je m'inquiète, Raphaëlle, ai-je dit, et je me suis aperçu trop tard que c'était le genre de phrase que j'aurais préféré ne pas prononcer devant Henri qui était là, mais ça m'avait échappé, devant Raphaëlle ça m'avait échappé, voilà, et mon téléphone a vibré dans ma poche, je ne l'en ai pas sorti, j'ai attendu, j'ai continué de ranger les courses et quand on a eu fini je suis monté dans ma chambre de l'air du type qui monte simplement dans sa chambre, et j'ai vu que Paul m'avait appelé. Je l'ai rappelé, je me méfiais un peu de Paul, il a répondu et m'a demandé de mes nouvelles, j'ai dit ça va. Et tu es où ? a-t-il dit. Pas chez moi, ai-je dit, et Paul a dit parce que j'ai appelé Diane, et alors, ai-je dit, tu me demandes où je suis pour savoir si j'ai la possibilité de m'asseoir ? et décidément je me sentais loin de Paul, qui m'a dit non, elle ne m'a rien raconté de spécial, c'est moi qui lui ai dit que je te trouvais bizarre, et sinon elle m'a dit que vous étiez séparés, mais ça je l'avais déjà plus ou moins compris. Et donc tu m'appelles pourquoi ? ai-je dit. Comme ça, en fait, a dit Paul. Bon, ai-je dit. Ce qu'il faut que tu comprennes, mais il me semblait que ça aussi tu l'avais déjà compris, c'est que je ne suis pas bizarre, c'est la période que je traverse qui est un peu spéciale, et par conséquent il va me falloir du temps. Avant qu'on se voie ? a dit Paul. Notamment, ai-je dit, mais comment ça va, toi ? Pas mieux que toi, a dit Paul. On en parlera, ai-je dit. Ça me rassure, a dit Paul. Voilà, ai-je dit, rassurons-nous. D'accord, a dit Paul. À plus tard, ai-je dit. Je t'embrasse, a dit Paul.

Quand je suis redescendu, Raphaëlle préparait le dîner dans la cuisine avec Nicole, Henri était dehors qui donnait des coups de marteau contre un appentis. Une jeune glycine courait là, le long d'une poutre, il s'efforçait de la guider avec des clous et du fil de fer. C'est-à-dire qu'avant d'aller le trouver dehors j'étais passé à la cuisine pour proposer d'aider et on m'avait dit que non, de sorte que j'ai choisi d'aller voir ce que signifiaient ces coups de marteau. Et donc j'ai regardé Henri donner ses coups de marteau sans évidemment suggérer de prendre un autre marteau pour planter avec lui un clou sur deux, non plus que de l'aider à dérouler le fil de fer, ce dont il s'acquittait fort bien, juché sur un tabouret. Vous ne savez pas quoi faire de vous ? m'a-t-il dit, la pointe d'un clou pincée entre ses lèvres. Si, si, ai-je dit, j'allais marcher un peu, or ce n'était pas du tout mon intention mais je me suis demandé si, l'ayant dit, je pouvais me permettre d'y surseoir et j'ai jugé que non. Si bien que j'ai laissé Henri là, avec son marteau, ses clous et tout ce qu'il pouvait avoir dans la tête concernant son projet d'achat de ma maison, ses projets d'aménagement de ma maison et tout ce qu'il pouvait avoir dans la tête par ailleurs, comme je l'avais déjà imaginé (mais sans précision), et j'ai eu l'impression de tout laisser aller, et plus tard, quand je me suis retrouvé à marcher dans le village, absolument désert (je suis passé devant l'église, dont le portail était fermé), j'ai eu cette autre impression d'être en quelque manière ailleurs qu'ailleurs, dans des sortes de limbes. La pensée de Diane me traversait, comme une apparition, et je me suis surpris à murmurer, et je me suis rendu compte que j'étais en train de me répéter le texte d'une vieille conférence. J'ai secoué latéralement la tête, comme quand on a de l'eau dans les oreilles. J'ai fait demi-tour, je suis repassé devant l'église et je suis allé à son portail, dont j'ai tourné en vain la poignée. Je me suis assis sur une grosse pierre devant l'église fermée et je me suis imaginé dans une travée, j'ai essayé, plutôt, la tête levée en pensée, faute de foi, vers le haut de la voûte, mais rien, et un type est arrivé vers moi dont je me suis dit que c'était peut-être le bedeau ou le garde champêtre, et tout de suite après en croisant son regard, non, il avait l'œil bleu et perçant enfoncé loin dans les orbites, une barbe de plusieurs jours, quoique apparemment entretenue, et était chaussé d'espadrilles délavées sur lesquelles venait casser un pantalon de grosse toile, j'avais du mal à le situer pour tout dire, il pouvait avoir la soixantaine, peut-être une sorte d'intellectuel dévoyé, ai-je pensé, et qui aurait échoué là après une dépression. Il m'a salué d'un bref signe de tête et m'a demandé ce que j'attendais. J'ai répondu que je me promenais (avant de m'asseoir sur cette pierre, naturellement, ai-je dit), et, comme si ma réponse ne l'intéressait que modérément, en définitive, il m'a dit que l'église derrière moi n'était plus consacrée. Vous êtes de passage, a-t-il observé. On ne peut rien vous cacher, ai-je dit, je suis en effet pour quelques jours chez des amis, et vous ? Moi, a-t-il dit, ça n'a pas d'importance. Ah bon, ai-je dit, légèrement vexé, et j'ai compris qu'il n'allait pas s'attarder. De fait, il est reparti, et moi aussi, je n'allais pas non plus m'attarder après ce court échange qui m'avait laissé une sensation plus que mêlée, comme si je m'étais trouvé soudain à découvert, sous un regard sans pardon. Je ne me sentais pas bien du tout, et la perspective de rentrer retrouver les autres n'arrangeait rien. Si je suis rentré en définitive les retrouver, ç'a été lentement, en traînant dans les rues du village, une sorte de performance, en somme, puisqu'en ralentissant le long des jardins une fois sur deux des chiens venaient se précipiter vers moi en aboyant et en se jetant sur les clôtures. Chez Raphaëlle, quand je suis arrivé, ils étaient installés dehors, autour de la table, avec des bouteilles et des verres, et donc ç'a été l'apéritif, j'ai pris un Martini rosé et rapidement j'en ai repris, expliquant que j'avais marché un peu dans le village, alors que dans le village je n'avais fait que penser en marchant ou non et essentiellement survécu à mes pensées. Ce qui manque, ici, c'est un café, a dit Raphaëlle, un café-épicerie, et alors les gens. C'est partout pareil, a dit Henri, et la conversation a roulé un temps sur ce thème des villages désertés, je me demandais quand Henri allait revenir sur l'achat de ma maison, peut-être ne souhaitait-il pas le faire en présence de Raphaëlle, toujours est-il qu'il ne m'en a pas parlé, pas plus que n'a été évoqué l'incident de la rivière. À force de boire avant le dîner, puis de boire en dînant, puis de continuer à boire, on en est venus à étoffer nos biographies, j'ai notamment appris qu'Henri n'avait pas toujours été gendarme, qu'il avait vécu un an sur un bateau et qu'il s'était intéressé de près à diverses botaniques insulaires, il avait même fait quelques jours de prison dans un micro-État de l'océan Indien, je m'attendais vaguement à ce que Nicole m'apprenne qu'elle avait eu dans sa vie un bref épisode de prostitution mais non, Nicole avait mené une vie remarquablement normale, et j'en ai conclu qu'elle avait commencé à adopter certains petits comportements extrêmes en cohabitant avec Henri, et, quant à Raphaëlle, pas grand-chose que je n'eusse déjà su. Pour ce qui me concerne, peu d'éléments neufs, un père et une mère morts à peu près normalement de vieillesse, des grands-parents aux itinéraires méconnus, des oncles et des tantes dispersés çà et là dans l'Hexagone au cœur de campagnes reculées aux climats rudes, dans des maisons isolées ou de retraite ou dans des cimetières, mais rien de nouveau sur ma vie récente. Assez tard, c'est en montant me coucher que j'ai raté une marche et dévalé l'escalier, au bas duquel Raphaëlle m'a récupéré. Je me suis relevé, avec une vive douleur au tibia, et je suis remonté, en évitant de trop m'appuyer sur l'épaule mince qu'elle m'offrait et dont j'ai senti que, sous ma main, elle tendait à se dérober.

Le lendemain matin, je me suis levé si tard que j'ai dû faire effort pour me ressouvenir de tout. J'ai boité jusqu'à la salle de bains, puis moins quand je suis descendu à la cuisine, où je n'ai trouvé personne. Henri m'avait laissé un mot, d'une petite écriture qui m'a semblé pointue, par quoi il m'informait aimablement qu'il n'avait pas voulu me réveiller et qu'il était parti avec les autres pour leur promenade. Je vous laisse quartier libre, avait-il ajouté. J'ai préféré ne pas m'attarder sur les résonances de cette dernière phrase, et je me suis laissé aller à éprouver, pour la seconde fois depuis le jour du mort, la sensation d'être en vacances. C'est-à-dire que j'ai pensé que la vie, généreusement, m'octroyait une sorte de pause, et j'en ai profité pour couper le flux de mes pensées. J'ai pris un petit déjeuner et je me suis mis au volant.

J'avais évidemment conscience qu'il s'agissait d'une parenthèse. Quelles que fussent ses intentions, à l'autre bout du fil sur lequel je tirais, Henri me tenait. J'allais revenir chez Raphaëlle. Je ne fuguais pas, je prenais du champ.

J'ignorais, y compris au stade où j'en étais (je quittais le village, prenais la direction de l'autoroute), quel bénéfice j'en tirais. Faute d'en savoir plus, j'ai roulé. Les panneaux n'ont pas tardé à m'indiquer la mer. J'ai accéléré. L'avantage de la mer, ai-je pensé, c'est que nécessairement on en revient. Je n'allais pas prendre un bateau. Encore que. Non. J'écartais toute idée de fuite. Me changer les idées, me suis-je dit. N'importe quoi, me suis-je encore dit.

Évidemment, rouler occupe. C'est presque vivre. Je n'ai pas eu besoin de mettre la radio. J'étais plus attentif, toutefois, à la circulation qu'au relief changeant du paysage, au gré de ces déclivités qu'accentuent les lointains. J'ai roulé deux bonnes heures, je traversais quelque chose comme la Normandie, puis j'ai plongé vers la mer. Je me suis garé au ras d'une plage, personne ne se baignait, un vent coupant courbait des silhouettes espacées le long des vagues. J'ai marché sur des galets, j'ai atteint le bord de l'eau, j'ai regardé l'horizon. Je me suis évidemment demandé, ça n'a pas traîné, ce que je faisais là. Le vent ne chassait rien, la mer m'abrutissait de sa rumeur. J'ai regardé vers les maisons et c'était pareil, le seul moment où quelque chose s'était évaporé, ç'avait été sur la route. J'ai repris le volant. Je me suis arrêté pour déjeuner dans une station-service. L'idée m'a effleuré d'y rester. Je suis revenu à la réalité, à ce qui constituait plutôt l'irréelle sensation que je venais de quitter une réalité certes discutable, mais qui était devenue la mienne. Parmi les personnages qui l'incarnaient, seule Raphaëlle me semblait se raccorder tant soit peu à la pensée que j'avais quelque chance de ne pas me dissoudre dans l'abandon et dans la peur. Pour le reste, je revenais vers Henri.

Finalement vous êtes vivant, m'a déclaré Raphaëlle quand je suis rentré. J'ai vaguement souri. Henri ne m'a pas demandé ce que j'avais fait. Il a fallu se préparer pour aller chez les Pajol.

Ceux-là, je les avais totalement oubliés. Personne n'avait rien à se mettre, à part Raphaëlle. Elle a sorti quelques affaires pour Nicole, qui paraissait et reparaissait dans diverses tenues, lesquelles étaient systématiquement renvoyées par Henri et sur lesquelles je ne me prononçais qu'après lui, dans des termes atténués. Henri et moi n'avons eu qu'à hésiter entre deux pantalons et trois chemises. Nous nous sommes donc, lui et moi, habillés comme nous l'aurions fait ce soir-là sans la soirée chez les Pajol. Quant à Raphaëlle, elle est apparue différente, ou alors c'était le maquillage, j'ai été au bord de lui dire que je la préférais sans. Peut-être l'a-t-elle perçu, et je m'en suis voulu. Elle m'a indiqué la pierre sous laquelle elle laissait toujours une clé de la maison, et on est partis à pied (je ne boitais plus que de manière espacée) parce que le donjon des Pajol n'était qu'à l'autre bout du village. On est repassés devant l'église. Des gens sortaient parfois d'une maison ou d'une autre, et on comprenait qu'une fraction du village se dirigeait vers le donjon. Néanmoins, quand nous sommes arrivés, nulle foule n'était visible dans la rue qui eût rappelé ces convergences telles qu'on en voit dans certaines manifestations spontanées, que viennent grossir les riverains. Des voitures, en revanche, parfois voyantes, venaient s'agglomérer à l'entrée du domaine, ou en franchissaient lentement le portail en métal frappé et dont les barreaux s'achevaient en flèches. On a aperçu le donjon dont se repérait, outre la silhouette, la pierre légèrement plus grise que l'ensemble du bâtiment que les Pajol y avaient accolé, et qui formait un U. Dès l'entrée on voyait aussi la piscine, que longeaient des gens avec des verres. S'élevait un brouhaha, déjà, sous lequel s'entendait en sourdine un air classique très identifiable, et nous avons progressé vers un essaim plus dense à proximité du buffet. Des gens riaient. Un homme à la cravate desserrée m'a bousculé, dont s'est à demi renversé le verre. On avançait sur du gravier très clair, qui m'a paru salissant, et plus loin on est passés sur de l'ardoise, puis sur du marbre. Curieusement, Nicole conduisait la marche, immédiatement suivie d'Henri, et nous venions derrière avec Raphaëlle qui m'a dit je cherche les Pajol mais je ne les vois pas, sur votre gauche, a-t-elle murmuré, je crois que c'est un ancien secrétaire d'État, et j'ai regardé discrètement sur ma gauche. Tout à fait, ai-je dit à Raphaëlle, c'est même un ancien ministre. Oui, mais de quoi, déjà ? a dit Raphaëlle. Ça ne me revient pas non plus, ai-je dit, il me semble que c'était un ministère à plusieurs noms et pas mal d'adjectifs, mais ce qui m'étonne c'est qu'il est seul. Le ministre ? a dit Raphaëlle. Oui, ai-je dit, l'ancien ministre. Il n'est pas seul, a dit Raphaëlle, il se déplace d'un groupe à l'autre. Ou alors il part, ai-je dit. De toute façon on s'en fiche, a dit Raphaëlle, ah, j'aperçois Cécile. Nicole ! a-t-elle crié. Nicole s'est retournée, Raphaëlle lui a fait signe de venir vers nous. Nicole est revenue sur ses pas avec Henri. Je vais vous présenter à Cécile, a dit Raphaëlle. Qui ça ? a dit Nicole. On a donc pris la direction de Cécile Pajol, qui portait une robe bleue sans volants, moulante, à texture fine, et qui tournait vivement la tête d'un interlocuteur à l'autre au sein d'un groupe de six ou sept personnes dont l'une tenait en main une fourche, peut-être une petite démonstration à venir, ai-je pensé, cependant que les autres ne tenaient rien que leur verre. Comme nous allions atteindre le groupe (Cécile Pajol ne nous avait pas vus), des jeunes gens nous ont coupé la route, qui poussaient un petit piano droit sur deux planches à roulettes, et, après leur passage, on n'a plus vu face à nous que le type avec sa fourche, mais Cécile Pajol avait disparu. Pas grave, a dit Raphaëlle, buvons quelque chose. Au buffet, en s'insérant de profil, Henri et moi, on est parvenus à obtenir quatre verres, et, quand on est revenus, Raphaëlle parlait avec un grand type dont se voyait en priorité l'imposante moustache tombante au-dessus de quoi le regard fatigué qu'il semblait poser sur toute chose s'exerçait comme en surplomb. Une femme, à ses côtés, grande et volontaire, écoutait Raphaëlle avec une attention qui m'a paru disproportionnée, car Raphaëlle n'énonçait que des banalités, dont j'ai pensé qu'elle cultivait par intérêt certain lien avec le couple, lequel nous a été présenté, à Henri, Nicole et moi, comme des amis, c'est le mot qu'elle a employé, suivi de très chers, ce à quoi je n'ai pas cru. Autour de nous, des gens parlaient, s'exclamaient, buvaient, certains avec déjà leur verre vide qu'ils avaient renoncé à remplir ou à poser faute de support, parmi lesquels un petit type coiffé d'un chapeau rond à bord étroit qui a lâché deux femmes dont l'une tenait en main un plateau de légumes crus pour venir vers nous. C'est Charles Pajol, nous a signalé Raphaëlle, qui nous a présentés. Il faut aller au donjon, a tout de suite déclaré Charles Pajol, un homme dont le visage, qu'il maintenait très près de nous en parlant, se révélait nettement sanguin, avec des zones de couperose, on a refait tout l'intérieur, je dois vous laisser, j'aperçois Jean-Jacques Davoud-Bertin qui a l'air perdu, excusez-moi, et il a disparu à son tour. Voilà, m'a dit Raphaëlle, Davoud-Bertin. Bizarrement, c'est le prénom que je n'aurais jamais retrouvé, ai-je dit. Qu'est-ce que vous racontez ? a dit Nicole. Raphaëlle lui a expliqué. Henri n'écoutait pas. C'est toujours pareil, ces fêtes, a-t-il dit au bout d'un moment (il avait vidé son verre). Ça va bien cinq minutes. Vous êtes d'accord, Simon ? (j'avais également vidé mon verre). On arrive seulement, ai-je dit. Je vais vous resservir, a dit Henri, et il a pris mon verre. Il est revenu avec les deux verres pleins, m'a tendu le mien. À nous tout de même, a-t-il dit en levant le sien. J'ai levé mon verre. On va voir le donjon ? a proposé Nicole. Mais bien sûr, ma chérie, a répondu Henri de manière un peu froide. On s'est donc dirigés vers le donjon, à la base duquel un autre buffet était dressé et dont le haut, dûment crénelé, débordait un peu de la tour, avec des parties effondrées. Il y avait une queue devant le buffet, à côté de l'entrée, et une autre devant l'entrée, de sorte que Raphaëlle a dit je ne suis pas sûre d'avoir la patience. Quand même, a dit Nicole. À l'intérieur, c'est rond, Nicole, a dit Raphaëlle, comme dans un moulin, et, même s'ils ont changé les meubles et repeint les murs, ça flotte, je reboirais bien plutôt un verre, moi. Vas-y si tu veux, je reste, a dit Nicole, et Henri et moi avons dû choisir, Henri est resté, donc, je suis resté aussi. J'ai donc visité l'intérieur du donjon dans le dos de Nicole et des autres, et je n'y connais pas grand-chose en mobilier mais ça m'a fait l'effet de moderne un peu ancien, c'était plutôt luxueux et raide, flanqué réellement n'importe comment au pied des murs courbes, avec des joints neufs entre les pierres. C'était le niveau le mieux agencé puisque, dans les étages, au fur et à mesure qu'on s'élevait, les pièces hésitaient de plus en plus au bord de leur fonction, dans une lumière qui s'appauvrissait. Au dernier étage, j'ai eu envie de redescendre en courant, ce qui ne s'est pas révélé possible, je n'avais plus le pied sûr, ensuite ça bloquait dans l'escalier. J'ai buté dans Nicole, qui s'est rattrapée aux épaules d'un petit homme maigre, lequel s'est raccroché au mur en s'éraflant. Dehors, on n'a vu ni Raphaëlle ni Henri. Je vais les chercher, ai-je dit à Nicole, que j'ai plantée près du buffet. J'ai été soulagé de me retrouver seul, puis, malgré mon ivresse ou à cause d'elle, très vite moins. La foule, les voix, les rires, les physionomies, au demeurant très diverses, formaient comme le bruit de fond de mon angoisse, à moins qu'ils n'eussent figuré mon angoisse même, ou encore son contraire, la vie sans moi. Quoique seul, donc, j'ai eu besoin de m'isoler, je suis entré dans le bâtiment rénové, auquel on avait adjoint deux tourelles, vaguement vieillies, et qui produisaient avec le donjon un effet de rime pauvre. C'était vaste, très vaste, les meubles se détachaient là comme des îlots, il m'a semblé qu'ils définissaient en fait des trajets de l'un à l'autre, et que pour reconstituer ce qui pouvait être un salon il fallait marcher, imaginer et rassembler, ce dont je ne me sentais guère capable. Deux hommes se tenaient là, comme il en existe dans ces sortes de soirées, qui parlaient abondamment dans l'apparente ignorance du lieu et des circonstances. Ils ne m'ont même pas vu. J'ai avancé dans cet espace sans repères, et très loin dans le fond j'ai aperçu une porte entrouverte, dans l'encadrement de quoi est apparu un serveur qui portait haut un plateau garni de petits pâtés, et je me suis dirigé vers la porte entrouverte, qui donnait sur une cuisine où à l'évidence je n'avais rien à faire. En vérité, je n'espérais rien de cette cuisine, mais il m'a semblé que c'était pour moi une façon d'avancer, et je suis entré dans cette cuisine, où du personnel s'affairait. On ne m'a pas posé de questions. Je ne m'en suis pas posé non plus, mais j'ai espéré qu'au bout de cette cuisine il y aurait une autre porte, et qu'alors je la franchirais. Il y avait une autre porte, j'ai traversé la cuisine sans qu'on me prête en rien attention et j'ai poussé la porte. J'ai débouché dans une pièce voûtée, qui pouvait être l'arrière-cuisine et qui était une sorte de cave où, très clairement, il n'y avait pas d'autre porte. Je me retrouvais donc dans un cul-de-sac, mais plus seul. Cécile Pajol était là, qui, assise sur un tabouret au pied de casiers de bouteilles empoussiérées, pleurait. Elle tenait en main un verre de vin. Je l'avais essentiellement reconnue à sa robe moulante. Pardon, ai-je dit, comme quand on surprend les gens qui, pour se livrer à toute activité d'ordre privé, se sont mis à l'écart. Je ne vous connais pas, a énoncé Cécile Pajol d'une voix incertaine. Vous n'êtes pas d'ici. Non, je ne suis pas d'ici, ai-je dit d'une voix tout de même un peu plus assurée que la sienne. Allez chercher un verre dans la cuisine, a-t-elle déclaré, et revenez. J'ai fait demi-tour, j'ai repassé la porte, j'ai prélevé un verre dans un alignement de verres propres retournés sur une nappe, la main passée entre deux serveurs qui garnissaient des plateaux, je suis retourné dans la cave. Fermez la porte, m'a demandé Cécile Pajol, toujours assise et buvant, les yeux grands ouverts dans ses larmes, donnez-moi ce verre, a-t-elle dit, et je le lui ai tendu, elle a incliné au-dessus une bouteille entamée qu'elle avait prise à ses pieds. Vous fuyez la fête, vous aussi, a-t-elle dit. Non, ai-je dit, j'ai un peu bu, c'est tout, et j'ai l'impression que la fête n'a pas encore réellement commencé, non ? Je ne sais pas, a dit Cécile Pajol, vous avez vu le donjon ? Oui, ai-je dit, justement j'en viens. Et la piscine ? a demandé Cécile Pajol. Je l'ai aperçue, ai-je dit. Vous connaissez la Floride ? a demandé Cécile Pajol, et elle s'est resservi à boire. Vous ne voulez pas vous asseoir ? Il n'y a pas d'autre tabouret, ai-je dit. Sur la caisse, là, a dit Cécile Pajol, qui m'a indiqué une caisse vide au pied d'un casier. J'ai rapporté la caisse et je me suis assis face à elle qui se tenait maintenant jambes écartées, dans la position d'un joueur d'échecs penché sur son échiquier, sauf qu'elle semblait attendre essentiellement le prochain coup qui allait venir d'elle-même, et la faire basculer au sol. Elle oscillait déjà légèrement. Je ne voulais pas de ça, a-t-elle dit, je ne voulais pas de tout ça. Ce que j'aime, moi, c'est les Américains. Je comprends, ai-je dit à tout hasard. Non, vous ne comprenez pas, a dit Cécile Pajol, j'aime ce qui est neuf, ce qu'on fait sortir de terre avec des bétonnières et des pelleteuses, et j'aime me baigner dans des eaux bleues et chaudes, et je n'aime pas ce village ni ce que j'y deviens. Je crois qu'il y a des gens qui vous cherchent dehors, ai-je dit (qu'est-ce que j'ai ? ai-je pensé). Quelles gens ? a dit Cécile Pajol. Vous les avez vus ? Vous m'avez vue ? Regardez-moi, a-t-elle dit. Je vous regarde, ai-je dit. Et vous voyez quoi ? a dit Cécile Pajol. Vous devriez arrêter de boire, ai-je dit. Aucune raison, a affirmé

Cécile Pajol en rayant l'espace devant elle de sa main libre et en se resservant un verre et en le portant maladroitement à ses lèvres. Vous êtes venu ici pourquoi, déjà ? m'a-t-elle demandé. Des amis m'ont amené, ai-je dit. Non, ici, jusqu'à moi, a dit Cécile Pajol. Je me suis plus ou moins perdu, ai-je dit. N'importe quoi, a-t-elle dit. Vous mentez. Ils mentent tous, a-t-elle déclaré d'une voix dont l'éraillement s'accusait, ils viennent tous à nos fêtes et ils mentent, et ils nous remercient, ils s'aplatissent et ils s'en vont sans avoir rien obtenu parce que personne n'obtient jamais rien, même moi, a-t-elle observé, même Charles, vous avez vu Charles ? Oui, ai-je dit. Un petit homme tout rouge, a-t-elle dit. N'exagérons rien, ai-je dit. J'ai honte, a dit Cécile Pajol. Je ne vois pas de quoi vous parlez, ai-je dit. Taisez-vous, a commandé Cécile Pajol, vous ne buvez même pas, pourquoi vous ne buvez pas ? Elle se tenait toujours dans l'attitude du joueur d'échecs, peut-être plus penchée que pour une partie. Je bois, ai-je dit, j'ai même déjà bu et, vous voyez, je rebois. Et j'ai bu, donc. C'est bien, a estimé Cécile Pajol en refaisant le niveau dans mon verre, maintenant, dites-moi tout. Pardon ? ai-je dit. Parlez-moi, a-t-elle dit, je crois que je vais tomber. Ne partez pas, surtout. Je ne pars pas, ai-je articulé en m'efforçant de détacher ces quatre monosyllabes. Je ne veux pas rester seule si je m'écroule, a dit Cécile Pajol. Si je m'écroule, je ne veux pas que vous me rameniez. Je ne vous ramènerai pas, ai-je dit. Alors c'est bien, a dit Cécile Pajol. Qu'ils crèvent tous, a-t-elle soufflé. Qu'est-ce qu'on disait ? Je ne sais plus, ai-je dit. J'entends du piano, a dit Cécile Pajol. Moi aussi, ai-je dit. Ça vient de loin, ai-je observé. C'est Sibylle, a dit Cécile Pajol. J'ai demandé qu'on tire le piano jusqu'à la piscine. Et vous, alors ? Vous êtes qui ? Je donne des conférences, ai-je dit. C'est absurde, a dit Cécile Pajol. Maintenant, je crois que je vais vomir. Elle s'est levée, s'est rassise, s'est relevée, s'est dirigée en titubant vers un angle de la cave, s'est penchée, s'est crispée, est revenue, s'est rassise, ça passe, finalement, a-t-elle dit, continuons à boire tranquillement. Moi, ça va, ai-je dit en posant la main sur mon verre comme elle y inclinait la bouteille, et j'ai pris quelques gouttes sur la main. Vous n'avez encore rien dit, a observé Cécile Pajol, je vous parle et vous ne dites rien. Si, ai-je dit, c'est parce que vous ne m'écoutez pas (j'ai entendu ma voix résonner, soudain, un effet d'acoustique, ai-je pensé). Si, je vous écoute, a dit Cécile Pajol. Ça n'a pas d'importance, ai-je dit. Vous avez raison, a dit Cécile Pajol, je n'écoute personne. Parlez-moi. Qu'est-ce que vous voulez que je vous dise ? ai-je dit. Ce que vous voulez, a dit Cécile Pajol. Alors, au hasard, ai-je dit. C'est ça, a dit Cécile Pajol, au hasard. Eh bien, ai-je dit, ma femme m'a quitté. Voilà ! s'est exclamée Cécile Pajol. Voilà ! Vous voyez que je vous écoute ! Et j'ai enterré un homme, ai-je dit (je me suis senti extrêmement bien, dans un état proche de l'endormissement). Cécile Pajol, dans la mesure du possible, a encore arrondi son regard. Je ne vous ai pas demandé d'être méchant, a-t-elle dit. Je ne suis pas méchant, ai-je dit. Ça me fait pleurer, a dit Cécile Pajol, et elle s'est remise à pleurer. Il ne faut pas, ai-je dit. Je ne vous crois pas, a dit Cécile Pajol. Qui vous envoie ? Lartigue ? Poznencourt ? C'est vrai que vous n'avez pas l'air méchant. Qui vous paie ? Personne, ai-je dit.

Ma tête tournait. Je crois que je vais vous laisser, ai-je ajouté. Si vous me laissez, a dit Cécile Pajol, je vais être seule et je ne veux pas être seule. Il faudrait attendre que je dessaoule un peu. Attendez avec moi. Je ne sais pas, ai-je dit. Il faut savoir, a dit Cécile Pajol. D'accord, ai-je dit, dessaoulons. Vous n'êtes pas ivre, a déclaré Cécile Pajol. Si, ai-je dit. Je vous le garantis. Je la voyais floue. Alors ? a dit Cécile Pajol. Lartigue ? Je ne connais aucun Lartigue, ai-je dit. Je ne connais personne ici. Lartigue n'est pas d'ici, a dit Cécile Pajol, il est de partout. Ne vous resservez pas, ai-je dit en la voyant reprendre la bouteille, sinon je ne suis pas certain que je pourrai vous sortir de cette cave. D'accord, a dit Cécile Pajol. J'ai l'air de quoi ? Ça va aller, ai-je dit. C'est quoi, cette histoire de type enterré ? a-t-elle demandé. Qu'est-ce qu'elle raconte ? me suis-je dit. Ah oui, ai-je dit (ça me revenait). Une histoire d'enterrement, ai-je répondu. Elle a ri. Sérieusement, a-t-elle dit. Sérieusement, ai-je dit. Elle semblait déçue. Moi aussi. Je rêvais d'un dossier où m'appuyer. Parlons d'autre chose, ai-je dit. Dommage, a dit Cécile Pajol. Je m'emmerde tellement. Moi aussi, dans un sens, ai-je dit. Vous tiendrez comment, debout ? Je ne sais pas, a-t-elle dit. On va attendre, ai-je dit. On a attendu. On entendait encore le piano. Puis on ne l'a plus entendu. Je dessaoulais. Cécile Pajol moins. Je n'ai plus envie de boire, a-t-elle dit. Je crois que j'ai fait le tour de la question. C'est bien, ai-je dit. Non, a dit Cécile Pajol, je préférerais avoir envie de quelque chose. Ça viendra, ai-je dit. Si je sors maintenant, a-t-elle dit, on est d'accord que je vais bitumer. Oui, peut-être, ai-je acquiescé sans traduire. Elle s'affaissait. Puis elle s'est levée. Allons-y ! a-t-elle déclaré. Bon, ai-je dit. Je lui ai pris le bras. J'ai poussé la porte de la cave. Vous êtes lourde, ai-je dit, c'est trop tôt. Si on faisait une escale dans la cuisine ? ai-je proposé dans l'entrebâillement. D'accord, a dit Cécile Pajol. Je vous trouve très sympathique. Mais non, ai-je dit. J'ai senti une odeur de moutarde. Le personnel avait cuit du lapin. Le personnel n'a pas regardé Cécile Pajol. Elle titubait. Elle s'est assise au bout de la table où étaient disposés plats et couverts en attente. Le personnel a flotté. Cécile Pajol allait-elle parler ? Non. Le personnel a vaqué à ses occupations sous son regard dirigé en réalité vers la porte opposée, ouverte sur l'immense pièce que j'avais traversée tout à l'heure. La sortie est loin, a-t-elle observé. On a le temps, ai-je dit. J'aime bien cette odeur de moutarde, a-t-elle dit. J'ai un faible pour le lapin. Et vous ? Tout est dans la cuisson, ai-je dit. (Je voulais sortir, en fait.) J'ai regardé aussi la porte ouverte au loin. Ou alors je vous laisse là, ai-je dit. Je tente ma chance. Et vous sortez quand vous pouvez. Non, a dit Cécile Pajol, vous sortez avec moi. Bien, ai-je dit. Je me demandais ce que fabriquaient Henri et Raphaëlle. Et Nicole. Ce qu'ils pouvaient penser de ma disparition. Les serveurs allaient et venaient autour de la table. Cécile Pajol les regardait comme si elle cherchait à accommoder. Eux ne la regardaient toujours pas. J'imagine qu'à leurs yeux elle était prise en main. J'ai fini par remarquer que c'était un peu différent. Ils nous évitaient. Cécile Pajol se tenait adossée contre sa chaise, la tête légèrement penchée vers l'avant. Elle observait le bord de la table. Patience, a-t-elle dit au bout d'un moment sans relever la tête, je me rassemble.

J'ai croisé le regard neutre d'un serveur. Le mien l'était aussi. Puis Cécile Pajol a posé ses deux mains sur le bord de la table, s'est hissée en position debout devant sa chaise. Je la lui ai reculée. Elle m'a pris le bras. On s'est dirigés vers la sortie, là-bas, tout au bout. Au cours de la traversée de la grande pièce, tout s'est passé lentement, mais sans accroc. Nous doublions les meubles au large. Cécile Pajol marchait droit, un pied dans l'alignement de l'autre, comme les mannequins. On est arrivés à la porte, on a débouché comme en plein jour. J'ai jeté un coup d'œil à ma montre, il était vingt et une heures trente, la lumière baissait en se densifiant, c'était comme un concentré de lumière. La foule était clairsemée face à nous, que nous n'avons pas eu à fendre. Des gens sont toutefois venus à nous. Avant que la première personne ne parvienne à notre hauteur, Cécile Pajol m'a demandé mon nom. Je le lui ai donné. Elle m'a présenté plusieurs fois. Les gens s'extasiaient sur tout, la piscine, le donjon, le lapin. Leur premier souci était de s'extasier. Leurs compliments recouvraient l'ivresse de Cécile Pajol, l'occultaient. Il y a pourtant là-dedans des hommes et des femmes que j'aurais aimé connaître, a dit Cécile Pajol. Dans une autre vie. Elle marchait toujours droit, avec toutefois un long développé. Je me déplaçais correctement, sans plus. Je ne boitais plus du tout. Je ne voyais ni Raphaëlle, ni Henri, ni Nicole. On s'approchait de la piscine. Autour de nous, des gens étaient attablés ou s'attablaient avec des assiettes. Vous voulez manger quelque chose ? m'a demandé Cécile Pajol. Elle n'a pas attendu ma réponse. On continuait d'avancer vers la piscine, près de quoi j'ai vu le piano. Sans pianiste.

Restez avec moi, a dit Cécile Pajol, je ne veux m'attarder avec personne. J'ai tout de même des amis à retrouver, ai-je dit. Eux, je veux bien les voir, a dit Cécile Pajol. Mais qui vous a invité ? Raphaëlle, ai-je dit. Raphaëlle qui ? a-t-elle demandé. Je ne sais pas, en fait, ai-je dit, je la connais depuis deux jours, elle habite à l'autre bout du village. Raphaëlle Lachenal, a déclaré Cécile Pajol. Charmante. Son mari s'est noyé. Charmant aussi. Ce sont les autres que je connais, ai-je dit. Les voilà, d'ailleurs, ai-je ajouté en pointant le menton vers la gauche de la piscine, où je venais d'apercevoir Henri et Nicole tenant en main une assiette, assis sous une tonnelle couverte de vigne vierge. Nicole m'a fait un signe. Raphaëlle n'est pas avec eux, ai-je dit. Tant pis, a dit Cécile Pajol, allons les voir. On s'est dirigés vers eux. Vous ne voulez pas me lâcher le bras ? ai-je dit. Non, a dit Cécile Pajol. Elle m'a serré le bras. Comme nous arrivions près de la tonnelle, Nicole, la tête à demi prise dans des retombées feuillues, a posé son assiette sur le banc en arrondi. Henri aussi. Ils se sont levés. C'était, en un sens, la première fois que je les voyais ensemble. Ils avaient l'air seuls, déphasés. Ensemble, donc, aussi. Je me suis interrogé intensément sur eux. Ça n'a rien donné. Je me sentais encore ivre. Je me ressouvenais toutefois clairement qu'après avoir enterré un homme que ma femme avait poussé du haut de notre mezzanine je venais de l'avouer à cette autre femme qui ne m'avait pas cru et que je ne connaissais pas et qui me tenait le bras face à un gendarme qui voulait racheter ma maison. Il m'avait aussi battu au tennis. Sa femme avait failli se noyer sans qu'il intervienne. Sans moi, ils avaient traversé la vie.

Avec moi, maintenant. Je vous présente Nicole et Henri, ai-je dit. Au point où j'en étais, je préférais grouper. L'une puis l'un ont tendu leur main à Cécile Pajol, qui a dit à Nicole vous êtes la sœur de Raphaëlle. Je sais, on se ressemble, a dit Nicole. Et Raphaëlle est où ? a demandé Cécile Pajol. Elle a disparu, a dit Henri. Il m'a regardé. Puis il a regardé la main de Cécile Pajol toujours agrippée à mon bras. Quand vous aurez deux minutes, m'a-t-il dit, il faudra qu'on parle un peu, Simon. Quand vous voulez, ai-je dit. Je vais justement vous l'enlever quelques minutes encore, a dit Cécile Pajol. Qu'est-ce que vous pensez du lapin ? Excellent ! a dit Nicole. Bon, a dit Cécile Pajol. Elle a pivoté sur elle-même. On leur tournait maintenant le dos. Je me reposais des questions. J'ai préféré penser qu'Henri voulait me parler de la maison. Ce qui m'en a fait me poser d'autres. Ils vous vouvoient, vos amis, a observé Cécile Pajol. Je les connais depuis peu, ai-je dit. Vous êtes en affaires, m'a-t-elle demandé. Peut-être, ai-je dit, je ne sais pas, je n'en sais pas plus que vous. Vous ne savez pas grand-chose, a remarqué Cécile Pajol. Si vous devenez désagréable, ai-je dit, je vous retire mon bras. Jamais, a dit Cécile Pajol. Remarquez, moi aussi il y a des tas de choses que je ne sais pas. Où je vais, par exemple. Mais je sais où je ne vais pas. Ah oui ? ai-je dit. Oui, a dit Cécile Pajol, telle que vous me voyez, je cherche à éviter Charles. À ce point ? ai-je dit. Je voudrais mourir, a-t-elle dit. À moins que vous ne m'épousiez. Mauvaise idée, ai-je dit. Qu'est-ce que je peux faire ? a dit Cécile Pajol. Les gens vont continuer à m'assaillir. Simulez un malaise, ai-je suggéré (si le Samu prend la relève, ai-je pensé, je serai tranquille). On avançait au hasard, donc. Ce que je ne voudrais pas, ai-je dit, c'est retourner dans la cave. Des gens sont venus vers nous. Présentations. Je vous laisse, leur a dit Cécile Pajol, j'aperçois Untel qui. On fuyait. Je ne voyais toujours pas Raphaëlle. Puis Cécile Pajol l'a aperçue. Ah, a-t-elle dit, Raphaëlle. Raphaëlle se tenait face à une dame qui agitait devant elle un foulard imprimé de petits motifs de cafetières italiennes. Elle avait encore un verre en main. Elle nous a vus. Cécile! a-t-elle dit comme nous arrivions à sa hauteur. J'ai l'impression que je n'ai plus besoin de vous présenter Simon. Il est épatant, a dit Cécile Pajol. Elles se sont embrassées. Ça va, vous? a-t-elle demandé à Raphaëlle. Bien, bien, a dit Raphaëlle. Vous connaissez Denise Fage, a-t-elle ajouté en désignant la femme aux petites cafetières. Sûrement, a dit Cécile Pajol en tendant la main à Denise Fage. Pardonnez-moi, j'aperçois les Frazier, on se revoit tout à l'heure, a-t-elle ajouté et elle m'a entraîné. Nous aussi on se revoit, ai-je dit en partant à l'adresse de Raphaëlle. Il y a un moment où il va falloir vous poser, ai-je dit à Cécile Pajol qui se dirigeait maintenant vers la gauche de la piscine, que nous allions dépasser. J'y réfléchis, a dit Cécile Pajol, et de l'angle d'une charmille a surgi Charles Pajol. Qu'est-ce que tu fais, Cécile? a-t-il demandé en lui prenant le bras qu'elle avait de libre. Elle n'a pas lâché le mien. Je te présente Simon, a-t-elle dit. On s'est vus tout à l'heure, a dit Charles Pajol en me jetant un regard bref. Nous avons un peu bu, ai-je dit. Les Christensen te cherchent, a dit sans relever Charles Pajol à l'intention de sa femme, et les Blot, tout le monde. Nous aussi, a dit Cécile Pajol. On se débrouille.

On fait ce qu'on peut, ai-je ajouté à l'intention de Charles Pajol. Rejoins-moi devant le donjon, a dit Charles Pajol à sa femme, et il a tourné les talons. On a encore cinq minutes, m'a dit Cécile Pajol. C'est bien, ai-je dit, maintenant, vous avez un but. Pardon ? a dit Cécile Pajol. Ah oui. Oui. Bon, allez vous faire servir une part de lapin, a-t-elle dit, et elle m'a lâché le bras. Revenez me voir à l'occasion, Simon. Elle s'est détournée de moi, a hésité sur la direction à prendre. Puis, lentement, elle a marché vers le donjon. Je lui ai laissé le temps de revenir sur ses pas, elle ne l'a pas fait. Il me restait trois possibilités, et même quatre : Nicole et Henri, Raphaëlle, l'assiette de lapin, rentrer. J'avais faim. Je me suis dirigé vers le premier buffet. Je me suis fait servir une assiette et je suis allé vers la tonnelle. Nicole et Henri la quittaient. Ils m'ont vu. M'ont attendu. J'aime déjà beaucoup votre portail, m'a dit Nicole comme j'arrivais à leur hauteur. Ah, ai-je dit. Ne t'emballe donc pas, est intervenu Henri. On n'achète pas une maison comme ça. Mais tu m'as dit qu'elle te plaisait, a dit Nicole. Oui, j'ai dit ça, a admis Henri. J'ai dit ça. On n'attend pas le dessert, a-t-il ajouté. Ça ne vous ennuie pas de rentrer avec Raphaëlle ? m'a demandé Nicole. La nuit tombait. On va faire différemment, ai-je dit. Je vais rentrer aussi, et je reviendrai plus tard avec ma voiture chercher Raphaëlle. Je vais la prévenir. On vous attend, a dit Henri. Pas la peine, ai-je dit. Si, a dit Henri. D'accord, ai-je dit. Je me dépêche. Je suis reparti en direction de Raphaëlle, dont j'ai pensé qu'elle s'était fixée pour un moment à l'endroit où je l'avais vue avec la femme aux cafetières. Elle n'y était plus. Je n'ai pas vu non plus, en me dirigeant vers le donjon, Cécile Pajol. Ni Charles Pajol. J'ai vu le type à la fourche qui jonglait devant un petit groupe avec sa fourche. Il la faisait tournoyer trois ou quatre fois en l'air et la rattrapait par le manche. J'ignorais s'il s'agissait d'une activité programmée. Le groupe ne grossissait pas. Je ne trouvais pas Raphaëlle. Il fallait que je la trouve, que je retourne vers Henri et Nicole, c'étaient les deux choses que j'avais à faire, faute de quoi je m'effriterais. Henri me verrait par mes failles. Et Raphaëlle. Je l'ai aperçue. Elle parlait avec quelqu'un d'autre, un type à veste cintrée, lèvres minces, chemise impeccable à col baleiné. Elle riait. J'ai fendu leur conversation. Je vais rentrer, Raphaëlle, ai-je dit. Le type a levé vers moi un cil las. Je ne fais plus les présentations, a dit Raphaëlle en riant, j'ai trop bu. Moi aussi, ai-je dit sans rire. Je vais donc rentrer, Raphaëlle, ai-je repris, et je me proposais de revenir vous chercher en voiture. Le type a souri. Je ne vois pas ce qu'il y a de drôle, lui ai-je dit. Rien, a dit le type. C'est bien ce qu'il me semblait, ai-je dit. Je me suis retourné vers Raphaëlle. Appelez-moi quand vous voudrez rentrer, lui ai-je dit. Je vous laisse mon numéro. D'accord, a dit Raphaëlle, et elle a enregistré mon numéro sur son téléphone. J'ai tourné les talons, j'ai rejoint Henri et Nicole et j'ai marché avec eux. On a retraversé le village, on était visiblement les premiers à rentrer. Nicole était fatiguée, m'a dit Henri de l'autre côté de Nicole, qui marchait entre nous. Pas tant que ça, au fond, a dit Nicole. Et vous ? m'a dit Henri. Ça me suffisait, ai-je dit. On a continué de marcher en silence, de temps à autre un chien aboyait. On pense repartir demain, après le petit déjeuner, a dit Henri. Ça vous va ? Oui, bien sûr, ai-je dit. Mais vous vouliez me parler de quelque chose, je crois. Il est tard, a dit Henri, ça peut attendre. Mon ivresse s'était dissipée, j'aurais voulu être au lendemain. Bonne nuit, leur ai-je dit en entrant dans la maison, et j'ai pris la direction du salon pour attendre le coup de téléphone de Raphaëlle. Je les ai entendus monter l'escalier et entrer dans leur chambre. J'ai attendu. Une demi-heure plus tard, mon téléphone a sonné. Je regrette tout ça, a dit Diane. Écoute, ai-je dit. J'ai pensé rentrer et raconter tout à la police, a-t-elle dit. Bien sûr, ai-je dit en baissant la voix. Je vais rentrer demain, a-t-elle dit. Je rentre. Non, ai-je dit. J'ai mis la maison en vente. Je t'entends mal, a-t-elle dit, tu peux répéter ? J'ai mis la maison en vente, ai-je répété. Pas grave, a dit Diane. Pas besoin. Je dirai que c'est moi. Calme-toi, ai-je dit. Justement je n'y arrive plus, a-t-elle dit. Alors réfléchis, ai-je dit. Je rentre, a répété Diane. Si c'est pour tout raconter, ai-je dit, je préfère que tu restes à Londres. Tu peux répéter ? a dit Diane. Le mieux, ai-je dit, ça serait que tu continues à ne rien faire. On peut se voir et discuter, a-t-elle dit. On discute, ai-je dit. On a déjà discuté. Je vais rentrer quand même, a dit Diane. Ce n'est pas une bonne idée, Diane, ai-je dit. Je rentre, a-t-elle dit. Elle a raccroché. J'ai pensé qu'elle allait rappeler. Elle n'a pas rappelé. J'ai pensé qu'elle allait rappeler plus tard. Elle ne l'a pas fait. Je n'ai pas attendu son appel, mais je m'y attendais. Je me suis endormi dans le canapé. Quand je me suis éveillé, vers quatre heures du matin, j'ai consulté mon téléphone. Raphaëlle n'avait pas appelé. Je suis allé voir du côté de sa chambre, dont la porte était entrouverte.

Le lit était fait. Je suis monté dans ma chambre, je me suis préparé pour me coucher et je me suis couché. J'ai gardé le téléphone à côté de moi. Je me suis endormi. Je me suis réveillé tard, j'ai pris une douche, je suis descendu, Nicole et Henri étaient en bas avec leurs sacs. On s'est salués, j'ai pris rapidement un petit déjeuner et j'ai demandé où était Raphaëlle. Elle dort encore, a dit Nicole. On l'attend pour lui dire au revoir et on y va. J'ai pensé qu'on pourrait passer voir votre maison en rentrant, a ajouté Henri. Pourquoi pas ? ai-je dit. On a attendu Raphaëlle. Le silence qu'on a consommé s'est ponctué de brefs croisements de regards. Puis Raphaëlle a paru, nous a salués gaiement, s'est servi un café. Je ne vous ai pas appelé, m'a-t-elle dit. Aucune importance, ai-je dit. On va y aller, Raphaëlle, a dit Nicole. Remerciements. Embrassades. Raphaëlle m'a embrassé. Donnez-moi de vos nouvelles, m'a-t-elle dit. On est partis, rendez-vous devant chez moi. La route, où, à un moment, je les ai dépassés. Tête vide. Mal au pied quand je débrayais. Chez moi, je les ai attendus. Pas longtemps. La cour aussi est bien, a dit Nicole dans un sourire. Visite. Henri se taisait, se comportait comme un client. Quand on a eu fait le tour des pièces du rez-de-chaussée et qu'on est revenus dans le salon, Nicole, qui s'était visiblement retenue au départ, a semblé sur le point de dire quelque chose en levant les yeux en direction de la balustrade. J'ai vu Henri lui serrer le bras. Qu'est-ce que tu en penses ? a-t-il dit alors qu'on n'avait pas encore visité l'étage. Ça me plaît, a dit Nicole. Et tu vas voir le jardin, a dit Henri. L'ambiance semblait détendue. Peut-être d'abord l'étage, a dit Nicole. On est montés à l'étage. On est descendus, on a fait le tour du jardin. Henri ne s'est pas attardé sur le potager. Nicole non plus. Moi non plus. J'essayais de me représenter les choses, de recomposer le mort. Ou je le voyais trop tôt, au moment de l'ensevelissement, ou trop tard, c'est-à-dire maintenant, transformé, en route. Nulle part, en fait. En tout cas moins dans le jardin qu'en moi. Un souvenir. On va se rappeler, a dit Henri. Je vous rappelle très vite. Il semblait avoir pris une décision. Ils sont partis. Le mort est revenu. J'ai mis quelques secondes à constater que la présence d'Henri, tout au long de la visite, l'avait occulté. Ou bien ç'avait été son silence. Bref, il revenait. C'était la fin de la matinée. Je suis sorti. J'ai roulé. Pas trop. Je me suis arrêté au bord d'un champ. J'ai repensé à Diane. J'ai repensé à ma vie. Les deux s'éloignaient. Si Diane revenait, j'ignorais ce que je ferais. C'est exactement ça, me suis-je dit, j'ignore ce que je vais faire. Ça m'a convenu. J'ai repris le volant. Je me suis arrêté au bord d'un bois. J'ai appelé Raoul Nungesser, l'ami que j'avais envisagé de joindre quand j'étais allé à Paris. Il a répondu. On a fait une sorte de point. Il faudrait qu'on se voie un jour, a-t-il dit. Mais toi, vraiment rien de neuf? Pourquoi? ai-je dit. Pourquoi veux-tu que ça change? On a raccroché. J'ai repris le volant. Je me suis arrêté dans un bar. Il leur restait une demi-baguette et du gruyère râpé pour un sandwich. J'ai terminé par un café. Il faisait péniblement beau. Depuis le matin, déjà. Je suis allé jusqu'à Blagnon, j'en ai parcouru les rues. Je suis rentré chez moi. Temps arrêté. J'ai marché dans la cour. Je me suis souvenu de l'époque où j'aimais bien le son du gravier. Diane aussi. Ensemble, on avait beaucoup aimé le son du gravier. J'ai cherché à casser quelque chose, mais je n'ai pas su quoi. Je suis allé dans mon placard et j'ai trié mes chemises. Puis mes pantalons. J'en ai mis dans un sac poubelle. J'ai posé le sac dehors, dans la cour. J'ai ouvert le portail et je suis sorti dans la rue. Personne. Juillet. Restait août. J'ai fait quelques pas et je suis rentré. Depuis pas mal de temps, un volet du salon grinçait. Je l'ai huilé. Je suis allé dans la dépendance et j'ai déplacé des tuiles. Du sol en ciment, je les ai fait migrer vers une étagère en hauteur. J'ai dû prendre l'échelle. C'était fatigant. J'ai déplacé toutes les tuiles. J'avais atteint le milieu de l'après-midi. Je me suis encore activé. Il y a beaucoup à faire dans une dépendance, quand on s'y met. C'est comme ça que j'ai pu envisager de dîner. Je n'avais pas faim. Je me suis couché. J'ai même lu un peu. J'ai réussi à concentrer mon attention sur une demi-page. Après, je relisais six fois les mêmes passages, j'ai éteint. Je n'ai pas dormi. J'ai pris un calmant. Je me suis endormi un peu, je me suis éveillé, il était deux heures. J'ai pensé à Charles Pajol. Je me suis rendormi, je me suis réveillé, il était trois heures. Je me suis levé. J'ai pris une douche froide, j'ai bu un café. J'ai repris la voiture et j'ai refait le trajet qui m'avait conduit chez Raphaëlle. Je suis arrivé vers cinq heures. Je n'ai pas osé me garer devant chez elle. J'ai poussé jusqu'au bois qu'on voit de sa maison. Je me suis arrêté au bord de ce bois, j'ai coupé le moteur et j'ai regardé la nuit qui commençait à blanchir. Je me suis endormi. J'avais laissé ma vitre ouverte. Je me suis éveillé avec un canon de fusil sur la tempe. J'ai reconnu l'homme de l'église. Sortez de là, m'a-t-il dit. Je suis sorti. Qu'est-ce que vous faites là ? a-t-il dit. C'est-à-dire que je n'aime pas parler sous la menace, ai-je dit. Si vous pouviez ranger votre fusil. Pas pour l'instant, a dit l'homme, dont le regard, pour incisif qu'il fût, s'exerçait comme sans effort, naturellement. Vous allez d'abord me suivre chez moi. Et c'est où, chez vous ? ai-je dit. Par là, a dit l'homme. On a marché dans le bois. L'homme ne me surveillait plus. Mais il n'avait pas cassé son fusil. Il était nettement plus grand que moi. J'étais plus impressionné par sa taille que par son arme, qu'il tenait à présent négligemment. On a avancé dans le bois jusqu'à une cabane en ciment, avec un toit en tôle. Des bambous ponctuaient la façade. Il commençait à faire jour. Entrez, m'a-t-il dit. Je suis entré. Asseyez-vous, a-t-il dit. Je me suis assis dans un large fauteuil en vieille toile, face à un autre large fauteuil en vieille toile, les deux disposés autour de cageots qui faisaient table basse. L'homme s'est assis dans le second fauteuil en posant son fusil à plat sur les cageots. Alors ? m'a-t-il dit. Je n'ai pas répondu. J'ai le temps, a-t-il dit. Je m'étais endormi, ai-je dit. Quoi d'autre ? a dit l'homme. Qu'est-ce que vous voulez savoir exactement ? ai-je dit. Tout, a dit l'homme. J'ai souri. De l'index, il s'est tapoté la tempe. Quoi que vous me disiez, ça va faire ricochet là-dessus, a-t-il encore dit, et vous allez repartir avec. Il a regardé la table. J'ai remarqué qu'un peu de poil lui sortait des oreilles, ce qui contrastait avec sa sorte d'élégance. Il y a un type dans mon jardin, ai-je dit. Je l'ai enterré. D'accord, a dit l'homme en regardant toujours la table. Je ne l'ai pas tué, ai-je dit. Bon, a dit l'homme. Et vous êtes arrivé ici comment ? Banalement, ai-je dit. Je connais un gendarme dont la femme est la sœur de Raphaëlle Lachenal. Qu'est-ce que vous lui voulez, à Raphaëlle ? a dit l'homme en relevant les yeux vers moi. Rien, ai-je dit. J'ai passé deux jours chez elle avec eux. Et je reviens. Elle doit encore dormir, je n'ai pas voulu la déranger. Ne la maltraitez pas, a dit l'homme. Ça ne risque pas, ai-je dit. Mais j'ai l'impression que vous ne m'avez pas vraiment entendu, ai-je ajouté. Si, a dit l'homme. Je vous ai tout à fait entendu. J'ai regardé ma montre, il était sept heures. Je reviendrai vous voir, ai-je dit, et je me suis levé. Nous avons nos vies, a dit l'homme en se levant aussi, ne revenez pas. Il m'a tendu sa main. Je suis sorti de la cabane, puis du bois, et je suis remonté dans la voiture. J'ai roulé jusque chez Raphaëlle, devant chez qui je me suis garé un peu en retrait. J'ai trouvé la clé sous la pierre, je suis entré, je me suis dirigé vers la cuisine. C'était silencieux. Mon téléphone a sonné, j'ai décroché tout de suite. Henri, a dit Henri. Simon, je sais qu'il est tôt, mais je vous appelle pour vous dire que je n'achèterai pas votre maison. Bon, ai-je dit. Je vous remercie de me prévenir. Vous êtes chez vous ? a-t-il dit. Comment ça ? ai-je dit (je parlais bas, mais j'entendais sa voix résonner, même après que j'ai eu éloigné l'appareil). Je n'ai pas l'impression que vous soyez chez vous, je me trompe ? a dit Henri d'une voix qui avait changé de modulation. J'ai regardé autour de moi et en direction du couloir, je me suis attendu à le voir apparaître dans l'encadrement de la porte. Vous ne le supportez plus, d'être chez vous, a-t-il dit. Sa voix résonnait toujours, et j'ai encore éloigné l'appareil pour m'assurer qu'elle ne venait pas de la maison, de sorte que, cette fois, j'ai mal saisi la suite.

J'ai rapproché l'appareil. Ce n'est plus qu'une question d'heures pour vous, désormais, Simon, ai-je entendu. Je ne suis pas sûr de bien comprendre, ai-je dit, et j'ai senti descendre sur moi, de nouveau, quelque chose comme la vieillesse ou sa fragilité, quoique tout ça ressemblât aussi à la peur, mais ce n'était pas la peur, c'était plutôt un écroulement interne, avec une composante douce. Il faut que vous sachiez qu'à partir de maintenant ce n'est plus à moi que vous aurez affaire, a dit Henri, dont j'ai pu me convaincre qu'il était bien ailleurs, et non ici, et à qui je me suis entendu demander si, indépendamment de tout ça, il appréciait sincèrement ma maison. Bien sûr, a-t-il dit. Et je vous apprécie aussi. Et donc vous n'avez pas hésité, ai-je dit. Non, a-t-il dit. Je comprends, ai-je dit. Au revoir, Simon, a dit Henri. Il a raccroché. J'ai entendu un bruit de pas. Raphaëlle est apparue en peignoir dans l'encadrement de la porte, m'a vu, a sursauté, a dit qu'est-ce que vous fabriquez là, Simon ? Eh bien, ai-je dit. Bon, a-t-elle dit, je fais du café.

Réalisation : PAO Éditions du Seuil
Achevé d'imprimer par CPI Firmin-Didot
à Mesnil-sur-l'Estrée
Dépôt légal : août 2015. N° 779 (128580)
Imprimé en France